Margit Grassi

UNDERGROUND – Der Petroglyphenschwindel

UNDERGROUND
DER JUNIOR-DETEKTIV-KLUB

OMNIBUS

DIE AUTORIN

Foto: © privat

Margit Grassi, geboren 1959, schreibt und illustriert Kinderbücher. Nach 13-jähriger Selbstständigkeit als Kommunikationsdesignerin kehrte sie 1996 der Werbewelt den Rücken und lebt nun mit ihrer Familie auf La Palma. Tochter Carla ist ihr bester Ideenlieferant, und zwei große Hunde und ein dicker Kater gehören zu ihren treuesten Bewunderern.

Von Margit Grassi ist bei OMNIBUS erschienen:

Geister, Grusel, ganz Geheimes (20844)
Optik-OMNIBUS (20965)

Margit Grassi

UNDERGROUND – DER PETROGLYPHEN-SCHWINDEL

Mit Illustrationen
der Autorin

OMNIBUS

Band 21203

OMNIBUS

Der Taschenbuchverlag für Kinder
Verlagsgruppe Random House
München Berlin Frankfurt Wien Zürich

Umwelthinweis:
Dieses Buch wurde auf chlorfrei gebleichtem Papier gedruckt.

Originalausgabe April 2003
Gesetzt nach den Regeln der Rechtschreibreform

Lektorat: Bertrun Jeitner-Hartmann
Innenillustrationen: Margit Grassi
Umschlagbild: Carsten Tiemeßen
Umschlagkonzeption: Klaus Renner
Jo · Herstellung: Peter Papenbrok
Satz: Barbara Rabus, Sonthofen
Druck: Clausen & Bosse, Leck
ISBN 3-570-21203-3
Printed in Germany

www.omnibus-verlag.de

10 9 8 7 6 5 4 3 2 1

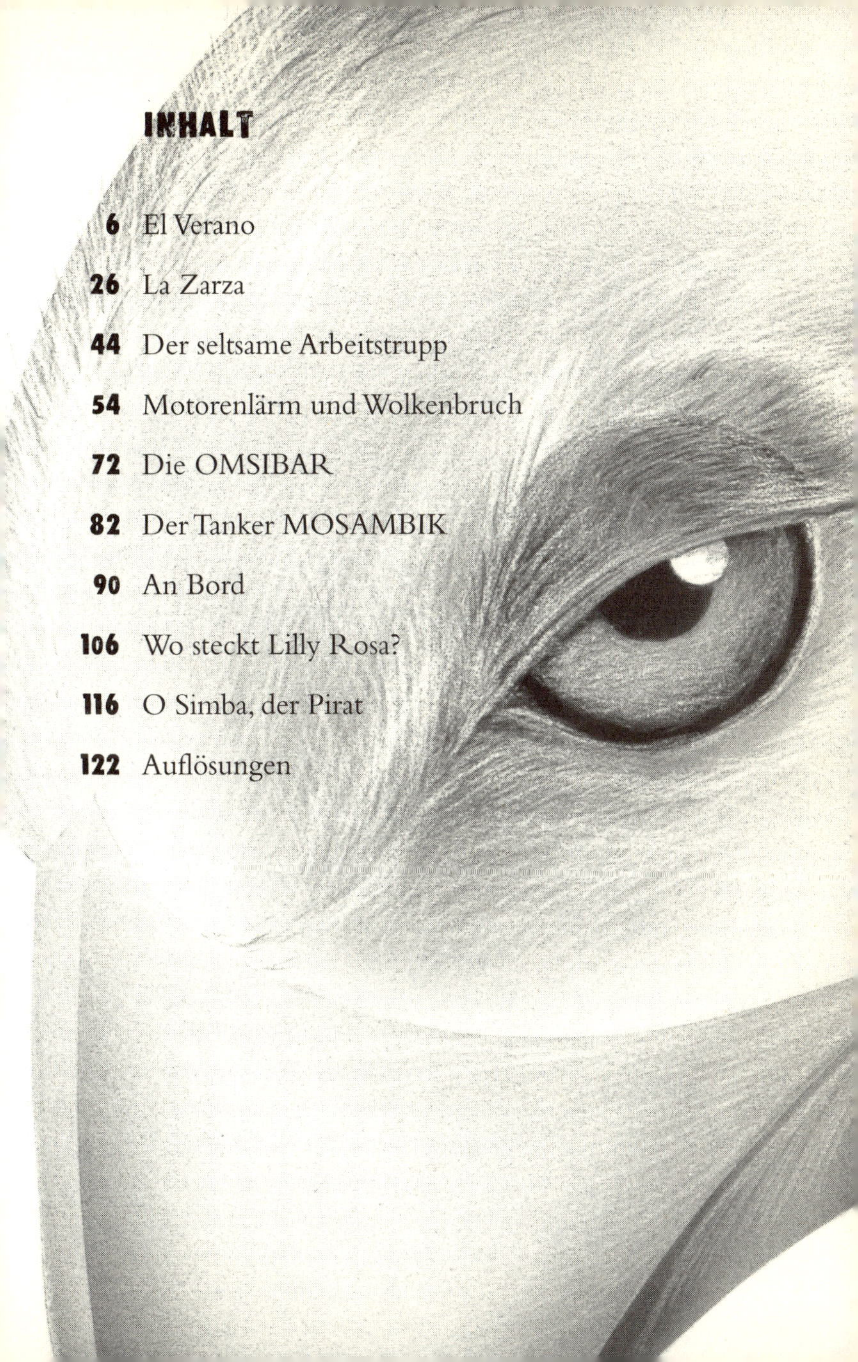

INHALT

EL VERANO

Wie eine brütende Glucke lag EL VERANO über der Insel. Es regte sich kein Lüftchen und die Straßen waren menschenleer. Vor über einem Jahr war Carla mit ihren Eltern hierher nach La Palma ausgewandert.

Die Insel gehört zu den Kanaren und liegt vor der Westküste Afrikas.

Wer oder was ist El Verano?
Es ist ein spanisches Wort. Trage die Namen der sieben kanarischen Inseln in die senkrechten Spalten des Kreuzworträtsels ein, dann liest du waagrecht, was El Verano bedeutet.

N
1
2
3
4
5
6
7
LANZAROTE
GRAN CANARIA
FUERTEVENTURA

Carla war mit ihrem Vater auf dem Weg zum Flughafen von Santa Cruz. Albi, ihr bester Freund aus Deutschland, sollte um 14.25 Uhr mit der Maschine aus München landen. Sie hatte ihn seit über einem Jahr nicht mehr gesehen.

Obwohl der Flughafen nur 35 km entfernt war, kam Carla die Fahrt dorthin jedes Mal vor wie eine kleine Weltreise. Das Aridanetal lag bereits hinter ihnen und nun begann die steile Strecke hinauf in die Vulkanberge. La Palma ist mit 2587 Höhenmetern, bezogen auf die relativ kleine Grundfläche, eine der höchsten Erhebungen auf der Erde.

Carla streckte ihren Arm aus dem Wagenfenster. Der Fahrtwind, der gegen ihre geöffnete Hand drückte, war so heiß wie der Luftstrom aus ihrem Haarföhn bei höchster Stufe.

Nach einigen Haarnadelkurven verschwand plötzlich der dunstig blaue Sommerhimmel über ihnen und das Auto tauchte ein in eine dicke Nebelwand. Fröstelnd zog Carla ihre Hand zurück.

»Endlich kühlt es etwas ab«, meinte Carlas Vater erleichtert.

An den Fenstern sausten nun Wolkenfetzen vorbei und nur schemenhaft konnte Carla die mächtigen Kastanienbäume erkennen, die sich ausladend über die schmale Straße neigten.

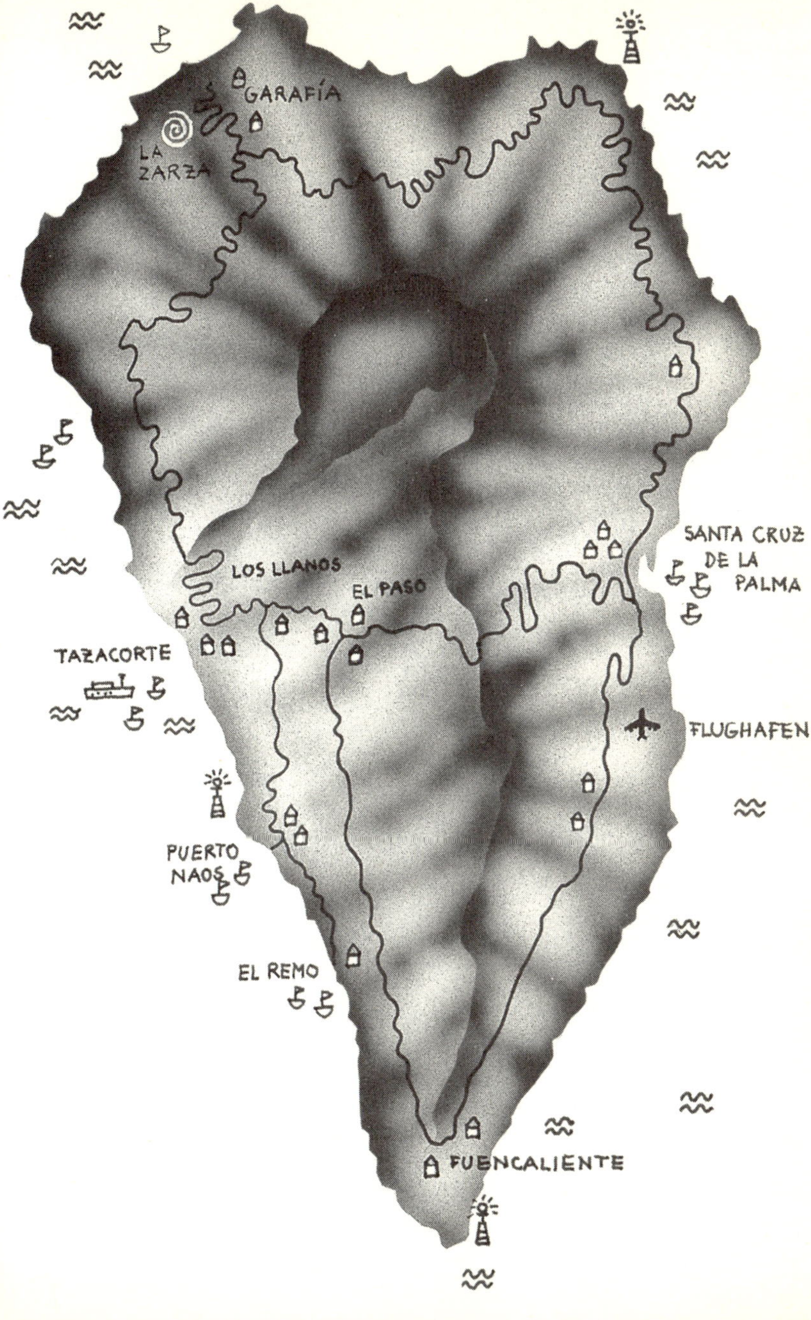

GARAFÍA
LA ZARZA
LOS LLANOS
EL PASO
SANTA CRUZ DE LA PALMA
TAZACORTE
FLUGHAFEN
PUERTO NAOS
EL REMO
FUENCALIENTE

Sie erreichten den langen Tunnel, der das Gebirgsmassiv der Insel durchbohrt, und Dunstschwaden drängten sich mit den Autos in die schmale, dunkle Öffnung.

Auf der anderen Seite des Tunnels ging die Fahrt steil bergab. Die Wolkendecke riss auf und tief unter sich sahen sie das Meer und Santa Cruz, die Hauptstadt der Insel.

Auf dem Flughafen zeigte die Tafel eine Verspätung von Albis Flug an.

Carlas Vater brummte verärgert und machte sich auf zur Flughafenbar, um einen Cortado (kleiner starker Kaffee) zu trinken. Carla wartete am Ankunftsschalter und sah sich um.

Der Flughafen war kleiner als ein Supermarkt und Carla kannte jeden Winkel des Gebäudes. Schon oft hatte sie hier stundenlang auf sich verspätende Flugzeuge gewartet.

Neben ihr lehnte ein Mann an der Absperrung. Er war groß und kräftig und trug trotz der sommerlichen Hitze einen Anzug. Seine schwarzen Haare waren glatt nach hinten gekämmt und auf seiner Nase saß eine schwarz getönte Brille. Nervös blickte er alle 5 Minuten auf seine Uhr.

Dabei schob er seinen Hemdsärmel hoch und Carla sah, dass er eine Tätowierung auf seinem Unterarm trug.

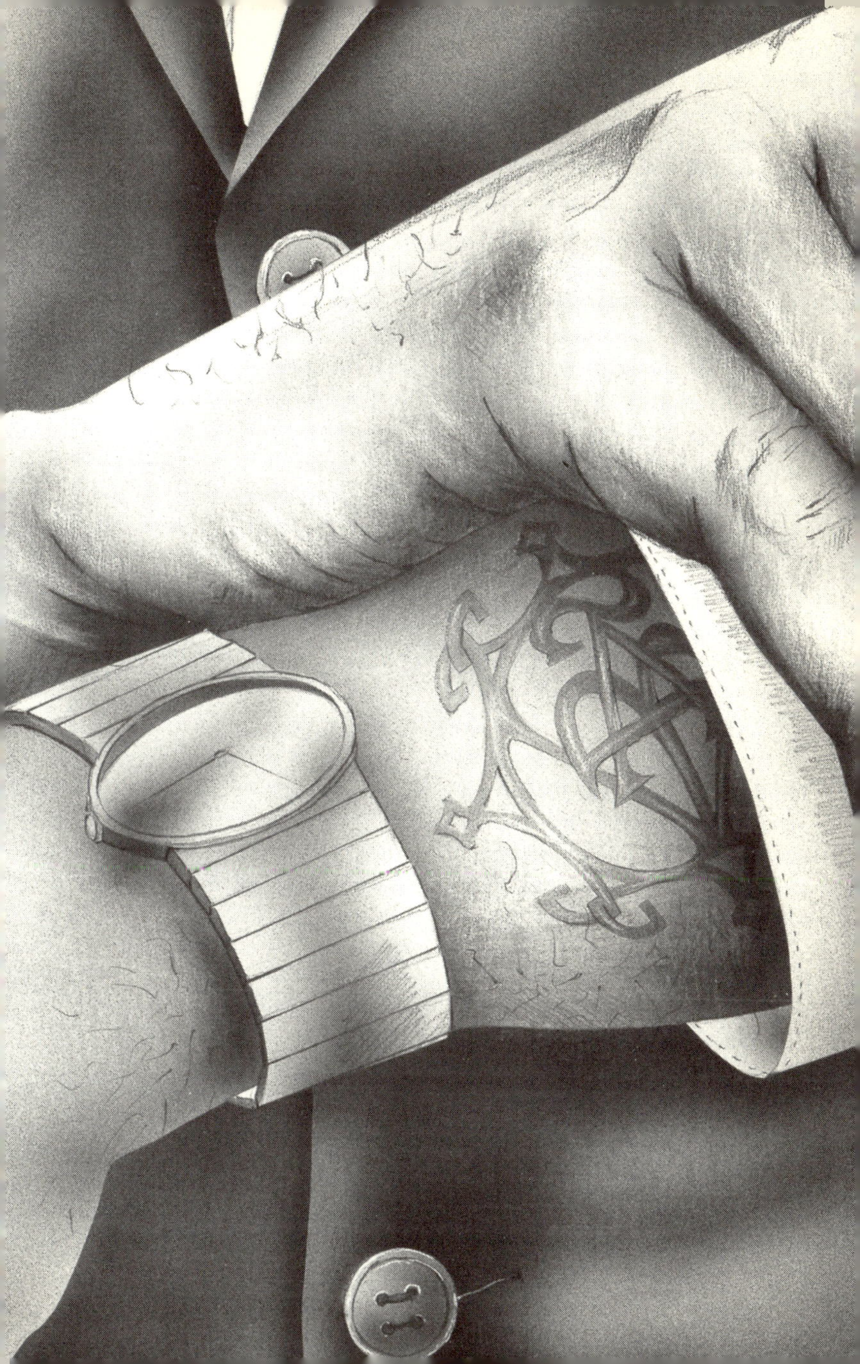

Eine Stimme aus dem Lautsprecher kündigte die Ankunft des Flugzeuges aus Hamburg an.

Der Mann zog ein Taschentuch aus der Hosentasche, tupfte sich die Schweißperlen von der Stirn und trat ungeduldig von einem Fuß auf den anderen.

Die Urlauber aus Hamburg strömten in die Ankunftshalle.

Ein Mann in alter Jeans und schlabbrigem T-Shirt winkte zu Carla herüber. Meinte er sie? Sie hatte diesen Ekeltypen noch nie gesehen. Sie schaute sich um und bemerkte, dass der Mann neben ihr dem Passagier aus Hamburg erleichtert zunickte.

Aha, auf den hat er also gewartet, fuhr es Carla durch den Kopf. Sie trat etwas zur Seite, als sich die beiden Männer begrüßten.

Carla traute ihren Augen nicht. Der Ekeltyp hatte genau die gleiche Tätowierung auf dem Unterarm wie sein Begleiter. Sie sah ihnen nach.

Außer der Tätowierung hatten die beiden nichts gemeinsam. Der eine sah aus wie ein Mafiaboss und der andere wie eine Kanalratte.

Endlich kündigte die Lautsprecherstimme die Ankunft von Albis Maschine an.

Carla sah, wie ihr Vater am anderen Ende der Halle seinen Kaffee bezahlte und zu ihr herüberkam.

Ein blonder Haarschopf überragte alle Ankömmlinge, die sich um das Kofferband drängten, um Haupteslänge. Albi war noch größer geworden, als Carla ihn in Erinnerung hatte.

Er sah blass und müde aus.

Endlich kam er mit seinem Kofferwagen aus der Ankunftshalle und Carla umarmte ihn glücklich. Auch Carlas Vater drückte ihn an sich. Albi war sein Patenkind und der Sohn seines besten Freundes.

Auf der Rückfahrt nach Los Llanos erzählte Carla Albi von den zwei Männern mit den Tattoos, und sofort waren die beiden in ihrem Element. Als Mitglieder ihres im letzten Jahr gegründeten **UNDERGROUND**-Junior-Detektivklubs »Die SIEBEN RABEN« malten sie sich aus, welch üblem Verein die beiden Männer angehören könnten und welche Missetaten sie wohl planten. Sie kicherten und wussten, dass das natürlich nur Hirngespinste waren.

Aber auf diese Weise verging die Fahrt wie im Flug.

Zu Hause wurde Albi von Carlas Mutter abgeküsst und unter ihrem wohlwollenden Blick verdrückte er eine riesige Portion Pasta. Dann hatte ihn Carla für sich allein. Sie schleppte ihn in ihr Zimmer und präsentierte ihm ein Rätsel, das sie sich extra für ihn ausgedacht hatte.

Kreuzworträtsel waren Carlas Leidenschaft!

Da Albi, wenn er hier war, auch immer etwas Spanisch lernen wollte, sollte er diesmal folgendes Rätsel lösen:

Die spanischen Monatsnamen gehören in die senkrechten Spalten und damit erfährt man automatisch, wie die spanischen Bezeichnungen für die vier Jahreszeiten heißen.

1. ENERO, 2. FEBRERO, 3. MARZO, 4. ABRIL,
5. MAYO, 6. JUNIO, 7. JULIO, 8. AGOSTO,
9. SEPTIEMBRE, 10. OCTUBRE, 11. NOVIEMBRE,
12. DICIEMBRE

B LA PRIMAVERA
EL OTOÑO C
D EL VERANO

Am nächsten Morgen, als Carla und Albi auf der Terrasse unter den großen Pfefferbäumen vor einem reichlich gedeckten Frühstückstisch saßen, kam Rabuelo in seinem grünen Landrover die Einfahrt heraufgetuckelt. Er war Fischer und Avocadobauer und seine Haut war so dunkel und zerfurcht wie die Erde dieser Insel. Er lächelte ihnen spitzbübsch unter seinem verbeulten Strohhut zu. Auf der Ladefläche saß sein Enkel Cuervo und winkte mit beiden Armen.

Negro, Cuervos Rabe, hatte die beiden schon angekündigt. Er saß bereits auf Albis Schulter und probierte den Pfirsichgeschmack seines neuen Haargels.

Nur wenige Minuten später stand auch vor Rabuelo eine dampfende Kaffeetasse und Cuervo biss in sein erstes Brötchen.

Die beiden ungleichen Jungen grinsten sich über den Tisch hinweg an, und die Vorfreude auf die gemeinsamen Ferien war ihnen anzusehen.

Cuervo war mit seiner untersetzten, kräftigen Figur und den dichten schwarzen Haaren das krasse Gegenteil von Albi. Auch das Temperament der beiden hätte kaum verschiedener sein können. Albi war ein besonnener Denker und Computerfreak. Cuervo dagegen war wie ein nervöses Rennpferd. Immer bereit für schnelle Taten und Entschlüsse. Die beiden ergänzten sich perfekt.

Endlich kamen auch Cuervos Kusinen Gabriela und Bea. Gabriela strahlte und Albi stand auf, um die beiden zu begrüßen. Bea kicherte, als sie bemerkte, dass ihre große Schwester rot geworden war, und erntete dafür von ihr einen tödlichen Blick.

Für Gabriela war Albi wie ein Märchenprinz, und Carla hatte sich das ganze Jahr über das verliebte Gejammere ihrer Freundin anhören müssen. Jetzt schaute sie die beiden an wie eine Krankenschwester, die auf baldige Genesung hofft.

Rabuelo drückte seine Enkeltöchter an sich und Gabriela verdrehte ihre Augen, als er seinen Stoppelbart an ihrem Gesicht rieb und sein Strohhut ihre langen dunklen Haare durcheinander brachte.

Dann saßen alle um den großen Tisch und Carla zückte feierlich die »Chronik der SIEBEN RABEN«, ihr Buch, an dem sie seit den letzten Ferien geschrieben und das sie mit Gabrielas Skizzen und aktuellen Zeitungsausschnitten ergänzt hatte. Sie schrieb:

10. August 2001

Erstes vollzähliges Treffen der

SIEBEN RABEN

seit fast einem Jahr.

Auf den ersten Seiten der Chronik waren die Porträts der Klubmitglieder zu sehen. Gabriela hatte sie letzten Sommer gezeichnet. Das aktuelle Alter der sieben Freunde hatte Carla danebengeschrieben:

Negro: Alter unbekannt

Bea (Beatriz): 9 Jahre

Gabriela: 13 Jahre

Carla: 13 Jahre

Cuervo: 13 Jahre

Albi (Albert): 15 Jahre

Rabuelo (Ramon): so alt wie Großväter eben sind

NEGRO (RABE)

CUERVO (Span. = RABE)

GABRIELA

BEATRÍZ

CARLA-BELÉN

RABUELO

Carla sah von der Chronik auf und blickte in die Runde: »Erster Punkt der Tagesordnung ist die Planung unseres Sommercamps. Gibt es dazu irgendwelche Vorschläge?«

»Wie wär's mit ein paar Nächten in einer Bananenplantage? Ich liebe Bananen!«, schwärmte Albi.

»Vielen Dank, ohne mich!«, rief Gabriela entsetzt. »Da wimmelt es von Kakerlaken und ich möchte nicht, dass sie mir nachts über das Gesicht krabbeln!«

Bea grinste. Sie wusste, dass ihre Schwester panische Angst vor den Maikäfer großen Schaben hatte.

»Wir könnten wieder neben Rabuelos Höhle am Strand zelten«, schlug Cuervo vor.

»Mann, das war wirklich ein Abenteuer«, nickte Albi, und auch die anderen bekamen ganz leuchtende Augen, als sie sich an die Schatzkarte des Kapitän Kidd und die Verfolgung der Schatzräuber erinnerten.

Die Geschichte ist in dem Buch »Der Klub der SIEBEN RABEN und der Piratenschatz« nachzulesen!

»Wisst ihr übrigens, dass die ABISMO vor der afrikanischen Küste gesunken ist?«, fragte Albi und sah in die Runde.

»War das nicht der Tanker, auf den Lilly Rosa, Kapitän Kidds Haushälterin, verschleppt wurde?«, rief Carla aufgeregt.

»Genau der«, nickte Albi. »Die Versicherungen ermitteln noch, ob das Schiff nicht absichtlich versenkt wurde. Es geht um eine ziemlich hohe Versicherungssumme. Der Kahn liegt jedenfalls in 1000 Meter Tiefe und an eine Bergung ist nicht zu denken.«

Carla biss sich auf die Lippe. Lilly Rosa war nicht mehr aufgetaucht, und nun war auch die ABISMO, die einzige heiße Spur, für alle Zeiten verschwunden. Carla hasste es, wenn Fälle nicht bis zum letzten Rest geklärt werden konnten. Sie stellte sich dann immer vor, dass die Verbrecher irgendwo zusammenhockten und sich ins Fäustchen lachten.

ABISMO, der Name des Schiffes, ist ein spanisches Wort. Löse das Rätsel und du kennst die deutsche Bezeichnung.

Schwarzer Vogel	**Der 7. Buchstabe im ABC**	**Ein Ball ist**
☐☐☐☐	☐	☐☐☐☐

Lösungswort:

☐☐☐☐☐☐☐

Carla schob die unangenehmen Gedanken zur Seite und sagte: »Apropos Höhle: Ich sah neulich einen Bericht im Fernsehen über Höhlenmalereien. Gibt es hier auf der Insel nicht auch Höhlen mit bemalten Wänden?«

»In La Zarza gibt es Höhlen mit Petroglyphen von den Ureinwohnern«, sagte Gabriela und Cuervo nickte bestätigend.

»Was sind Petroglyphen?«, wollte Bea wissen.

»Petroglyphen sind in Stein gemeißelte Bilder. Höhlenmalereien sind im Gegensatz dazu mit Farben aufgemalt«, tat sich Gabriela hervor.

»Ich war schon einmal in La Zarza«, schaltete sich nun Rabuelo ein. »Der Platz ist wirklich beeindruckend und eignet sich gut zum Zelten. Es gibt dort kristallklare Quellen, die aus dem Berg sprudeln, das heißt, wir hätten genug Trinkwasser, und das Essen nehmen wir mit.«

Die ABISMO war vergessen. Alle fanden die Idee gigantisch und wären am liebsten sofort nach La Zarza aufgebrochen. Aber das Camp musste natürlich erst genau geplant werden.

Carla hatte sich außerdem vorgenommen, dass ihre spanischen Freunde in diesen Sommerferien ein wenig Deutsch lernen sollten, und hatte sogar schon etwas dafür vorbereitet.

Sie teilte Zettel aus, auf denen folgende Wortpaare standen:

FUEGO = FEUER
TIERRA = ERDE
AGUA = WASSER
AIRE = LUFT

DIA = TAG
NOCHE = NACHT

Cuervo rümpfte die Nase. Aber Gabriela war begeistert. Sie fing sofort an, die Wörter zu studieren. Dann lachte sie und fragte Albi: »Weißt du, wie die Ureinwohner (Einzahl) von La Palma hießen?« Dabei blickte sie verschwörerisch in die Runde und hielt den Finger auf den Mund. Denn natürlich kannten alle anderen die Antwort.

»Keine Ahnung«, zuckte Albi mit den Schultern und wunderte sich über den schnellen Themenwechsel.

»Wassernacht auf Spanisch, ohne das erste A und ohne O«, sagte Gabriela.

Wie heißen die Ureinwohner?

Albi spickte in den Zettel, den Carla ausgeteilt hatte, und es dauerte keine zwei Sekunden, da wusste er die Antwort. »Wir fahren also zu den Guanchenhöhlen nach La Zarza«, lachte er.

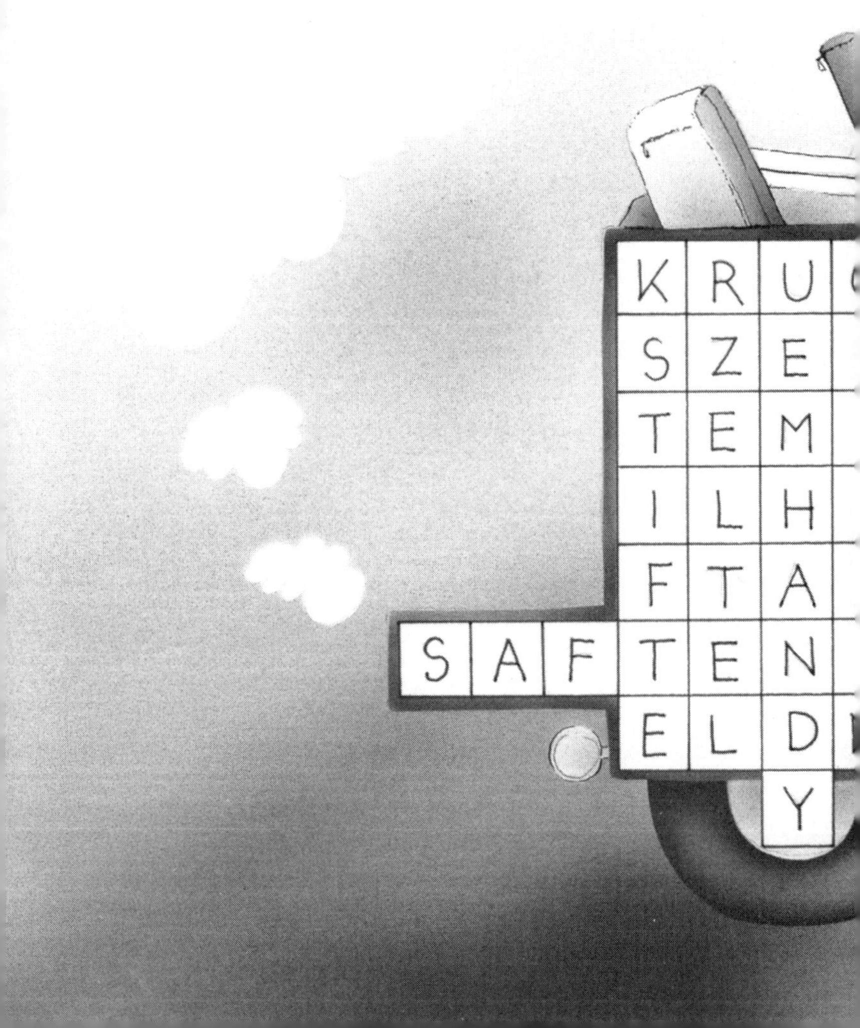

Die SIEBEN RABEN begannen ihre Campingausrüstung zusammenzupacken und auf Rabuelos Landrover zu laden. Entdeckst du die 19 Begriffe?

					F				
					O				
S	S	E	N	K	T	O	P	F	D
H	E	N	B	L	O	C	K	H	O
S	I	D	E	C	K	E	N	A	S
H	L	A	F	S	A	E	C	K	E
H	E	N	L	A	M	P	E	E	N
O	M	P	U	T	E	R	S	N	A
L	F	E	U	E	R	Z	E	U	G
					A				

LA ZARZA

Es war herrlich aufregend. Rabuelos Landrover war beladen mit den SIEBEN RABEN, Unmengen an Verpflegung, Schlafsäcken und Zelten. Die Landschaft zog an ihnen vorbei.

In den Schluchten, durch die sie fuhren, roch es nach Moos, und dicke Farnbüschel wuchsen auf den dunklen Lavafelsen. Oben auf den Hochebenen wehte ihnen der Duft von frisch gemähtem Getreide um die Nasen. Die Haare flatterten im Wind und sie waren überzeugt, dass La Palma der schönste Platz auf der Welt sei.

Ziemlich durchgeschüttelt kamen sie drei Stunden später in La Zarza an, kletterten aus dem Auto und streckten Arme und Beine.

»Warum haben sich die Guanchen einen Platz zum Leben gesucht, der so hoch in den Bergen liegt und so weit vom Meer entfernt ist?«, wunderte sich Cuervo. »Vom Fischfang können sie hier jedenfalls nicht gelebt haben.«

Sie befanden sich jetzt 1000 Meter über dem Meer und die Küste war steil und schroff.

»Süßwasser war für sie das Wichtigste«, antwortete Rabuelo und deutete hinüber in das saftig grüne Tal, das sich vor ihren Augen öffnete. »Hier oben war es zu jeder Jahreszeit und im Überfluss vorhanden. Denn hier regnete es sogar in den langen Sommerperioden, während die niedrigeren Regionen vollkommen austrockneten, und die Quellen versiegten nie.«

Plötzlich bekamen alle mächtig Durst und Cuervo fragte:

»Wo sind eigentlich all die frischen Quellen, von denen du uns erzählt hast?«

»Immer mit der Ruhe«, brummte Rabuelo. »Zuerst brauchen wir einen guten Parkplatz für das Auto.«

Sie fuhren ein Stück in das Tal hinein zu einem Informationszentrum, das erst vor wenigen Jahren hier errichtet worden war.

Die SIEBEN RABEN musterten das neue Gebäude. Es passte so gar nicht in die urzeitliche Stimmung, die dieses Tal umgab. Die Straße endete in einem großen Parkplatz direkt vor dem Gebäude.

»Haltet euch gut fest«, rief Rabuelo nach hinten. »Ich will versuchen, noch ein Stück in das Tal hineinzufahren.«

Entschlossen lenkte er seinen Landrover über die Straßenböschung, und die Kinder lachten und ihre Augen sprühten vor Abenteuerlust, als sich das alte Gefährt schaukelnd seinen Weg durch das Gelände suchte. Sie drangen in ein Wäldchen vor und machten schließlich vor einer Felswand Halt, aus der eine kleine, kristallklare Quelle sprudelte. Die Sonne blinzelte durch das lichte Blätterdach und die SIEBEN RABEN fühlten sich wie in einem verwunschenen Wald.

Sie begannen sofort, die Zelte aufzubauen. Der Platz war wirklich optimal. Weiches Gras bedeckte den Boden, es war schön schattig und das Wasser aus der kleinen Quelle sammelte sich in einer Felswanne. Sie schöpften das Wasser mit ihren Händen, stillten ihren Durst und spritzten sich gegenseitig nass.

Dann machten sie sich über die mitgebrachten belegten Brötchen her. Rabuelo lehnte an einem Baum und steckte sich eine Pfeife an. Lächelnd sah er den Kindern nach, die sich nicht die Zeit nahmen, in Ruhe zu essen, sondern lachend und kauend durch das hohe Gras davonliefen. Sie konnten es nicht erwarten, die Guanchenhöhlen zu sehen, und jeder von ihnen wollte als Erster dort sein.

Rabuelo zog die Reißverschlüsse der Zelte zu und schlenderte mit der Pfeife im Mund den Kindern hinterher.

Wenig später hatte er sie eingeholt. Sie standen vor einer Felsnische und betrachteten mit großen Augen die von den Guanchen in den Stein geschlagenen Kreise und Spiralen.

»Seht mal!«, rief Bea aufgeregt. »Sieht das nicht aus wie ein Gesicht mit einem riesigen Auge? Von der Seite gesehen, meine ich.« Damit drehte sie ihren Kopf und zeigte auf ihr Profil.

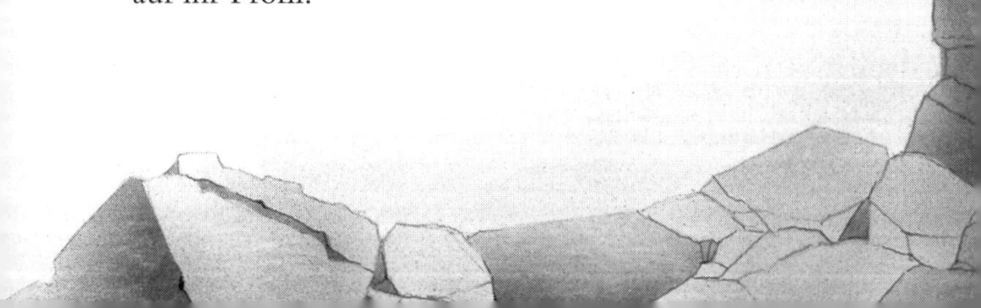

Entdeckst du ein Gesicht in dem Liniengewirr?

Während die anderen immer noch nach dem Gesicht im Stein suchten, waren Albi und Gabriela auf einem schmalen Weg weiter in das Guanchental vorausgegangen. Der Wald wurde immer dichter und mannshohe Farne breiteten ihre gefiederten Arme bis in die Mitte des Weges aus. Es schien, als wollten sie die Wanderer daran hindern, weiter in das dunkle Labyrinth aus mächtigen Lorbeerbäumen und Schlingpflanzen vorzudringen.

Plötzlich tat sich vor ihnen eine Lichtung auf und sie standen vor einem Felsenhalbrund, das sich steil und kahl in den Himmel reckte. Die Felswände waren über und über mit Petroglyphen bedeckt. Ehrfürchtig bestaunten sie die Zeichnungen und Gabriela folgte mit ihren Fingern den Rillen im Stein.

Negro landete auf einem Felsabsatz direkt über ihren Köpfen, und gedämpfte Stimmen aus dem Wald verrieten ihnen, dass der Rest der SIEBEN RABEN auch bald hier eintreffen würde.

Plötzlich rief Gabriela ganz aufgeregt: »Hey, kommt mal alle hierher. Ich glaube, ich habe ein Labyrinth entdeckt!«

Die Farnbüschel bewegten sich und nacheinander trafen Carla, Cuervo, Bea und Rabuelo auf der Lichtung ein.

Tatsächlich! Bei der Felszeichnung handelte es sich um ein Labyrinth! Es gab nur einen Eingang und auch nur einen Ausgang.

Gabriela zeigt dir den Eingang ins Labyrinth.
Wo ist der Ausgang?

Gabriela lief zurück zum Zeltplatz und holte ihren Skizzenblock. Sie wollte die in Stein geritzten Muster festhalten. Eine reich verzierte Steinsäule am Eingang einer Höhle faszinierte sie besonders.

Sie setzte sich auf einen glatten Stein unmittelbar davor und begann, die Ornamente abzuzeichnen.

Nach einiger Zeit schien die Petroglyphen ein geheimnisvolles Eigenleben zu erfassen. Sie begannen vor ihren Augen zu tanzen, und die Kreise und Spiralen drehten sich in die eine und dann wieder in die andere Richtung.

Gabriela blinzelte und blickte sich um. Ihre Freunde waren verschwunden. Wie lange saß sie schon alleine hier?

Die feuchte Waldluft kroch an ihren Beinen hoch. Hatte sie nicht neulich gelesen, dass den Guanchen die Kreise und Spiralen zu geheimen Riten dienten und sie in Notzeiten schwache Kinder töteten, um das Überleben der stärkeren zu gewährleisten?

Sie schauderte und hatte keine Lust mehr weiterzuzeichnen. Sie klappte ihren Skizzenblock zu und rannte durch den Wald, zurück zum Zeltplatz. Völlig außer Atem kam sie bei den anderen an und ihre Hände zitterten ein wenig.

Die Freunde hatten es sich im Schatten der Bäume schon gemütlich gemacht. Sie hatten auf dem weichen

Gras Decken ausgebreitet, lagen darauf und raschelten mit Schokoladenpapier und Kräckertüten.

Etwas erstaunt musterten sie Gabriela, die ziemlich blass vor ihnen stand und ihren spitzen Bleistift umklammerte, als sei er ein Dolch.

»Hast du ein Gespenst gesehen oder haben dich die Geister der Guanchen verfolgt«, witzelte Cuervo, doch Gabriela war nicht zum Scherzen aufgelegt. Sie setzte sich neben die Mädchen, griff in die Kräckertüte und war froh, nicht mehr allein zu sein.

»Wisst ihr, warum die Ureinwohner diese Zeichnungen in den Stein geritzt haben?«, fragte sie nach einiger Zeit.

Das war für Albi der Startschuss. Er sprang auf und verschwand in seinem Zelt. Grinsend kam er mit seiner Minicomputeranlage zurück: »Das lässt sich sicher klären«, meinte er und schon bearbeiteten seine Finger die Tastatur.

Neugierig spähten die Freunde über seine Schultern auf den kleinen Bildschirm.

Die Informationsflut zum Thema Petroglyphen war gewaltig und es dauerte eine Zeit lang, bis sie die richtigen Seiten gefunden hatten.

Den besten Einstieg in die Welt der Felszeichnungen fanden sie über

www.institutum-canarium.org

Die meisten Abbildungen fanden sie, als sie in der Suchmaschine

www.alltheweb.com

zuerst pictures anwählten und dann das Suchwort

petroglyphs

eingaben.

Petroglyphen gibt es auf der ganzen Welt. Die ältesten sind ungefähr 5000 Jahre alt und werden als die ersten Anfänge der heutigen Schrift angesehen.

Überall wo Menschen lebten, hinterließen sie diese Spuren. Über Sinn und Zweck der Zeichnungen gibt es nur Mutmaßungen: Die einen dienten anscheinend magischen Sonnen- und Wasserriten, andere zeigen Jagdszenen und wieder andere erzählen die Geschichte eines Volkes.

Begeistert stellten die SIEBEN RABEN beim Lesen der Internetseiten fest, dass Labyrinthe ein beliebtes Motiv für Felszeichnungen waren.

Sie könnten als Symbol für einen geistigen Weg oder für Tod und Wiedergeburt stehen, hieß es dort.

Und auch die Spirale versinnbildliche den Ablauf des Lebens.

Erstaunlich war, dass Petroglyphen aus verschiedenen Ländern, ja sogar Kontinenten gleiche Muster und Ornamente aufwiesen. Gabriela hielt ihren Block mit der begonnenen Guanchenzeichnung neben den Bildschirm.

Wer erkennt beim Betrachten der nächsten Doppelseite, welches Element sowohl in Gabrielas Zeichnung als auch bei den anderen Petroglyphen vorkommt?

Gabrielas Zeichnung:

Galizien, Spanien:

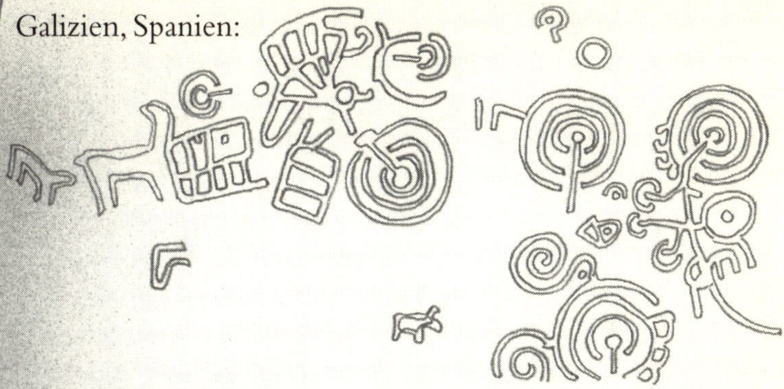

Red Rock, USA:

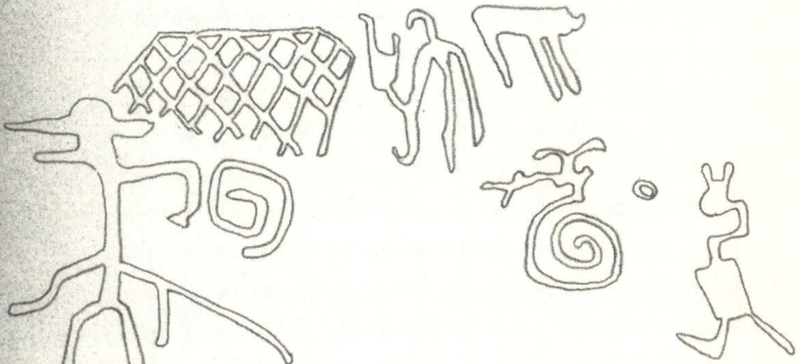

Mesa Verde, Colorado:

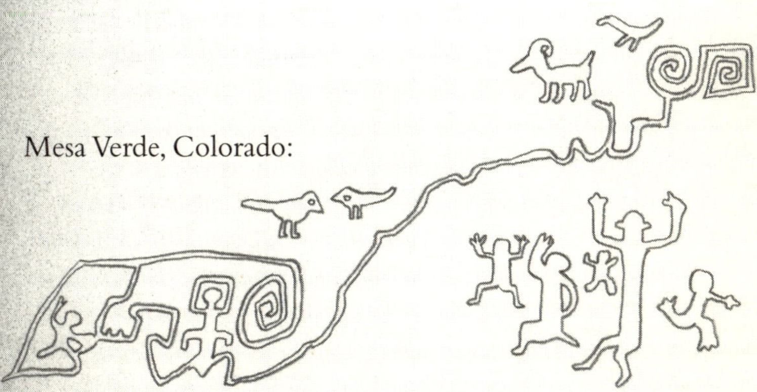

Der Nachmittag verstrich und es wurde Zeit, Holz für ein Lagerfeuer zu sammeln. Die SIEBEN RABEN stapften durch den kleinen Wald und suchten den Boden ab nach Zapfen und kleinen dürren Zweigen.

Cuervo bückte sich nach einem Ast, der halb im weichen Waldboden steckte. Er zog daran und schnippte dabei das lockere Erdreich zur Seite.

»Hey, seht euch das mal an!«, rief er seinen Freunden zu und wühlte mit beiden Händen in dem Erdloch.

Die anderen kamen angerannt und knieten sich neben ihn auf den Waldboden. Zusammen schoben sie das Laub und die modrige Erde zur Seite und beförderten nach und nach die Teile einer mit Petroglyphen bedeckten Steintafel zu Tage.

Sie schleppten die Bruchstücke zu ihrem Lagerplatz.

Fotokopiere die gegenüberliegende Seite, schneide die Bruchstücke aus und versuche, die Petroglyphenplatte richtig zusammenzusetzen.

Die SIEBEN RABEN setzten die Bruchstücke ihres Fundes zusammen und merkten dabei gar nicht, dass die Sonne langsam unterging und den Wald in rotes Licht tauchte.

Rabuelo erhob sich, rieb sich den Rücken und sagte: »Steine können wir leider nicht essen. Wenn ihr heute Abend nicht hungern wollt, müsst ihr schnell noch etwas Holz beschaffen.«

Albi, Carla und Cuervo sprangen auf und rannten zu der Fundstelle der Steinplatten. Dort hatten alle ihre Holzbündel fallen lassen und nur noch an das Ausgraben ihres Fundes gedacht. Schnell sammelten sie das Feuerholz ein und hasteten zurück zum Zeltplatz. Da es inzwischen dunkel geworden war, kam ihnen Rabuelo mit der Taschenlampe entgegen.

Später saßen sie dann satt und müde auf ihren Decken. Die Petroglyphenplatte lag wie ein zusammengesetztes Puzzle vor ihnen und wurde geheimnisvoll von den hüpfenden Schatten des Lagerfeuers beleuchtet.

»Was sich die Guanchen wohl dachten, als sie diese Kringel in den Stein ritzten«, überlegte Gabriela.

»Vielleicht ist es ein Liebesbrief«, witzelte Bea und warf Albi einen bedeutungsvollen Blick zu.

»Lasst uns doch eine Geheimschrift aus den Petroglyphen zusammenstellen«, schlug Carla vor, und alle waren von der Idee begeistert.

Bis spät in die Nacht saßen die SIEBEN RABEN ums Feuer, knobelten an den Buchstaben herum und auf Gabrielas Skizzenblock entstand allmählich das Alphabet der SIEBEN RABEN.

Hier siehst du die Geheimschrift der SIEBEN RABEN.
Sie besteht aus Großbuchstaben und Zahlen.

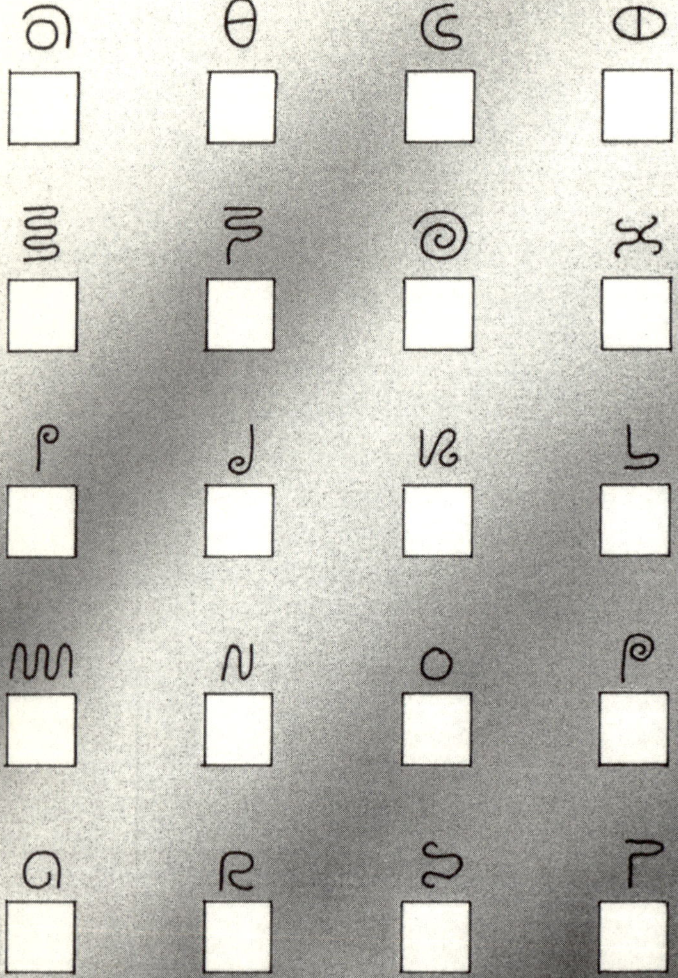

Schreibe in die leeren Kästchen die passenden Buchstaben des Alphabets.

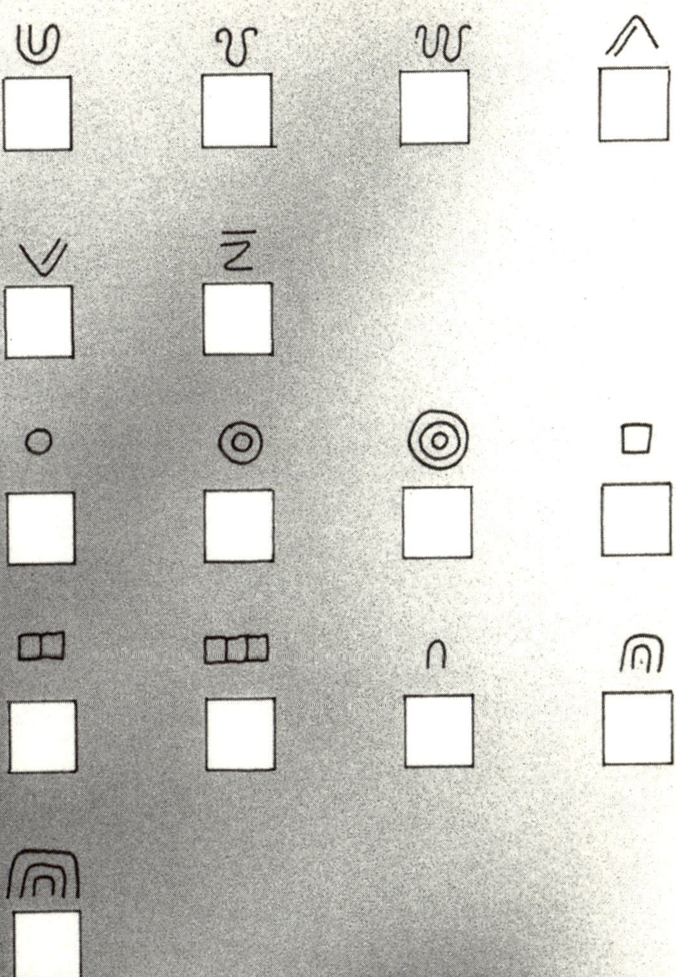

DER SELTSAME ARBEITSTRUPP

Am nächsten Morgen wurden die Kinder vom Duft frisch getoasteten Brotes aus ihren Zelten gelockt. Rabuelo hatte die noch heiße Glut des Lagerfeuers wieder angefacht und aus Steinen und Drahtgitter, das sie am Informationszentrum gefunden hatten, einen Grill gebaut. Das Frühstück schmeckte herrlich und die SIEBEN RABEN saßen unter dem Blätterdach und lauschten dem Gezwitscher der Vögel.

Negro saß auf Cuervos Schulter und ließ sich von ihm mit kleinen Toaststückchen füttern.

Plötzlich schlug der Rabe wild mit den Flügeln und Cuervo kippte vor Schreck zur Seite. Er sah seinem gefiederten Freund verblüfft nach, wie er turboschnell zwischen den Bäumen verschwand.

»Was ist denn in den gefahren«, brummte er. Doch dann hörten auch die anderen das Geräusch, das den Vogel vermutlich aufgeschreckt hatte: das Brummen eines Fahrzeugs, dann das Schlagen von Türen.

»Schade, jetzt sind wir nicht mehr allein«, stellte Gabriela traurig fest.

Etwas verlegen brummte Rabuelo: »Es ist vielleicht besser, wenn wir uns etwas versteckt halten. Campen ist hier eigentlich nicht erlaubt. Wenn man unser Lager entdeckt, müssen wir verschwinden.«

Sich zu verstecken entsprach ganz den Vorstellungen der SIEBEN RABEN.

Sofort wurden Wachposten eingeteilt und ein Trupp zur »Observierung der Eindringlinge« losgeschickt. Rabuelo löschte die Glut und schleppte belaubte Zweige heran, mit denen er den Landrover abdeckte. Die Zelte selbst standen so versteckt an der Felswand, dass man sie nur aus unmittelbarer Nähe erkennen würde.

Albi und Cuervo pirschten sich an das Informationszentrum heran. Ein Lastwagen stand auf dem Parkplatz vor dem Gebäude. Geduckt hinter einer kleinen Mauer beobachteten sie einen Mann in blauem Arbeitsanzug, der an dem Fahrzeug lehnte und sich gerade eine Zigarette ansteckte. Negro hatte Posten auf dem Dach des Gebäudes bezogen.

Es dauerte nicht lange, da entdeckten sie einen zweiten und einen dritten Mann. Sie kamen aus entgegengesetzten Richtungen und gesellten sich zu dem Mann am Fahrzeug. Auch sie trugen blaue Arbeitsanzüge.

Betrachte das Suchbild auf der nächsten Doppelseite. Entdeckst auch du die beiden Männer?

Und dann belauschten Albi und Cuervo folgendes Gespräch:

»Ist dir jemand über den Weg gelaufen?«

»Keine Menschenseele, die Luft ist rein.«

»Ich habe auch niemanden gesehen. Im Sommer verirrt sich kaum ein Tourist hierher. Da fahren alle an den Strand.«

»Okay, wir gehen vor wie besprochen. Unsere Tarnung ist perfekt!«

Cuervo und Albi wagten kaum zu atmen. Sie sahen sich an. Dass hier etwas faul war, roch man kilometerweit. Aber was hatten die Männer vor?

Sie spähten über die Mauer und sahen, wie die Männer Schaufeln und Hacken und sonstiges Werkzeug abluden.

»Das Ganze sieht aus wie ein Bautrupp«, flüsterte Albi. Cuervo nickte zustimmend mit dem Kopf und legte dann erschrocken den Finger auf den Mund.

Einer der Männer hatte argwöhnisch in ihre Richtung geblickt und ging nun auf das Mäuerchen zu, hinter dem die beiden Freunde kauerten.

»Hey, hilf uns mal beim Abladen und steh nicht blöd in der Gegend herum«, brüllten die beiden anderen, die fast unter der Last einer riesigen Rolle rotweißen Absperrmaterials zusammenbrachen.

»Ich komm ja schon!«, brummte er und trabte zurück zum Lastwagen.

Cuervo wischte sich mit dem Handrücken die Schweißperlen von der Stirn: »Lass uns hier verschwinden!«

Auf dem Bauch robbten die beiden die Mauer entlang und ließen sich dann eine Böschung hinuntergleiten. Die nächsten Büsche und das Wäldchen waren nicht mehr weit.

Ängstlich blickten sie zurück zum Parkplatz. Die Männer standen nun mit dem Rücken zu ihnen und waren damit beschäftigt, das Absperrmaterial aufzurollen.

»Los, das schaffen wir«, flüsterte Albi, und sie rasten geduckt los und ließen sich hinter den schützenden Büschen wieder auf den Bauch fallen.

Negro war gleichzeitig mit ihnen gestartet und kreiste nun über dem kleinen Wäldchen.

»Mann, das war knapp«, keuchte Cuervo. Sie blickten nochmal zurück und krochen ins Unterholz.

»Aaah«, kreischte Bea, als ihr Albi auf die Hand trat.

»Was machst du denn hier?«, fauchte Cuervo. Er blickte besorgt zurück zum Informationszentrum. Die drei Männer starrten in ihre Richtung und hatten erschrocken das Absperrmaterial fallen gelassen.

»Warum liegst du hier im Gebüsch?«, zischte Albi.

»Ich wollte auch wissen, was hier vor sich geht«, flüsterte sie kleinlaut.

Die Männer in den blauen Arbeitsanzügen sprachen aufgeregt miteinander und deuteten herüber zum Waldrand.

»So ein Mist! Jetzt haben sie uns entdeckt!«, keuchte Albi.

Doch dann wandten die Männer ihre Köpfe zum Himmel, denn ihre Aufmerksamkeit wurde auf einen Raben gelenkt, der über ihnen mit lautem Kraaah, Kraaah seine Kreise zog.

Die Männer blickten dem Vogel nach und nahmen ihre Arbeit wieder auf.

»Negro hat uns aus der Patsche geholfen«, flüsterte Cuervo erleichtert und warf Bea einen vorwurfsvollen Blick zu.

Die Kinder schlüpften durchs Gebüsch zurück zu ihrem Lager. Die anderen warteten schon und hörten gespannt zu, als Cuervo und Albi von ihren Beobachtungen berichteten.

»So, so, ein Bautrupp leistet uns nun Gesellschaft«, brummte Rabuelo. »Wenn sie uns hier entdecken, können wir die Zelte abbrechen. Also verhaltet euch ruhig und lasst euch nicht blicken. Wir können nur hoffen, dass die Männer mit ihren Arbeiten bald fertig sind.«

Albi und Cuervo waren der Meinung, man sollte sie weiterhin beobachten, aber Rabuelo bestand darauf, dass sie vorerst in Deckung blieben.

Zum Glück! Denn kurz darauf hatten die SIEBEN RABEN das Gefühl, im Wald wimmele es nur so von Arbeitern. Überall knackten Äste, sie hörten die Schritte und das Räuspern der Männer und ihre Stimmen hallten von der Felswand wider.

Endlich entfernten sich die Geräusche und die SIEBEN RABEN entspannten sich etwas. Albi packte seine Minicomputeranlage aus und suchte im Internet weitere Informationen zum Thema Petroglyphen. Unter

www.ebay.com

wurden sie sogar zum Kauf angeboten. Natürlich handelte es sich hier um Nachbildungen. Originale waren sicher nicht käuflich zu erwerben. Die konnte man nur in Museen bewundern oder in geschützten Zonen, wie hier in La Zarza.

Um die Mittagszeit kehrte wieder Ruhe im Tal ein. Während die anderen immer noch die Köpfe über dem Computer zusammengesteckt hatten, war Cuervo unruhig zwischen den Zelten hin und her getigert, und jetzt hielt er es nicht mehr länger in dem Versteck aus.

»Ich geh mal nachsehen, ob der Bautrupp schon abgezogen ist«, flüsterte er und war schon im Gebüsch verschwunden.

Carla sprang auf, schnappte sich die Kamera aus ihrem Zelt und rannte hinter ihm her.

Carla und Cuervo krochen auf allen vieren durch das Unterholz und schlüpften unter einer rotweißen Absperrung hindurch.

Vom Waldrand spähten sie hinüber zum Informationszentrum. Der Lastwagen stand noch da, aber von den Männern war nichts zu sehen.

»Sieh mal! Die haben das ganze Gebiet um die Höhlen abgesperrt!«, flüsterte Carla und deutete auf die rotweißen Bänder, die sich durch die Landschaft zogen.

Geduckt und immer wieder hinter Gestrüpp Deckung suchend, pirschten sich die beiden zu den Guanchenhöhlen vor.

»Schau! Da drüben liegt einer der Arbeiter!«, zischte Carla, und tatsächlich, dort lag einer der Männer schnarchend im Schatten der Petroglyphenfelsen. Sogar im Schlaf wirkte das Gesicht dieses Mannes unfreundlich, und Carla meinte, ihn schon einmal gesehen zu haben. Sie zückte ihre Kamera und schoss ein paar Fotos. Neben dem Mann lag ein abgenagtes Hühnerbein und eine leere Flasche Bier, und Cuervo merkte, wie sein Magen knurrte.

»Lass uns umkehren«, flüsterte er. »Es ist Zeit zum Mittagessen.«

Etwas enttäuscht hörten die Freunde sich an, was Carla und Cuervo von ihren Beobachtungen berichteten. Sie hatten gehofft, die Ruhe sei ein Zeichen für das Ende der Bauarbeiten, aber anscheinend hielten die Männer nur ein Mittagsschläfchen, eine Siesta.

Das Mittagessen bot auch nichts Erfreuliches, da sie ja kein Feuer machen konnten.

Nach einiger Zeit verrieten Stimmen, dass sich die Männer wieder an die Arbeit machten, und ein durchdringendes, nervtötendes Motorengeräusch zerstörte vollends den Frieden des Ortes.

Als die Maschinen nach Stunden endlich verstummten, erschraken sie fast. Das ganze Tal schien den Atem anzuhalten, und erst nach und nach hörte man wieder das Summen einzelner Bienen und das zaghafte Zwitschern der Vögel.

»Bin ich taub geworden, oder haben sie endlich den Motor abgestellt«, fragte Rabuelo und klopfte sich auf beide Ohren.

Die SIEBEN RABEN rappelten sich hoch und streckten Arme und Beine. Die plötzliche Stille war eine Wohltat.

Wenig später hörten sie dann die Stimmen der Arbeiter, die sich in Richtung Informationszentrum entfernten.

Autotüren knallten und ein Motor heulte auf.

»Juhuuu, sie ziehen ab!«, juchzte Bea.

Die Freunde warteten noch ein Weilchen, dann schwärmten sie aus.

Rabuelo blieb beim Zeltplatz und zündete sich erst mal eine Pfeife an. Den ganzen Tag hatte er auf diesen Genuss verzichtet. Der Tabakgeruch hätte sie verraten.

»Bringt Feuerholz mit!«, rief er den Kindern hinterher. »Oder habt ihr heute Abend wieder Lust auf trockene Brötchen?«

Gabriela hatte ihren Skizzenblock unter dem Arm. Sie wollte das Petroglyphenornament auf der Steinsäule fertig malen. Carla und Bea suchten im Wald nach Spuren der Arbeiter. Was hatten die Männer hier gemacht? Und woher war der Motorenlärm gekommen?

Sie fanden Reste des rotweißen Absperrbandes, die sie missmutig einsammelten. »Eine Sauerei ist das!«, schimpfte Carla. »Die hätten ihren Müll ruhig wieder mitnehmen können!«

Im Wald hängen immer noch sieben der rotweißen Streifen in den Bäumen. Wer findet sie auf der nächsten Seite?

Gabriela saß auf dem glatten Stein vor der Guanchenhöhle und starrte abwechselnd auf ihre halb fertige Zeichnung und auf das Motiv auf der Steinsäule. Wie hatte sie sich nur so verzeichnen können! Sie suchte nach ihrem Radiergummi.

Links siehst du Gabrielas Zeichnung. Rechts die Steinsäule. Entdeckst du den Unterschied?

Carla und Bea kamen bald darauf aus dem Wald gestolpert und winkten mit einem Bündel der rotweißen Streifen:

»Sieh mal, Gabriela, die Arbeiter haben überall im Wald ihren Müll liegen gelassen!«

Die Mädchen kamen näher und blickten Gabriela interessiert über die Schulter. Etwas verlegen knetete diese ihren Radiergummi zwischen den Fingern.

»Ich habe mich gestern ganz schön vertan!«, sagte sie und deutete auf ihre Zeichnung. Gerade setzte sie den Radiergummi an, um das Bild zu korrigieren, da hielt Carla aufgeregt ihre Hand fest.

»Warte!«, rief sie. »Sieh doch mal, hier ist der ganze Boden mit feinem Staub bedeckt!« Gabriela und Bea blickten zu Boden. Und tatsächlich, sogar die Gräser waren mit einer dunklen Pulverschicht überzogen. Ihre Augen wanderten von der Steinsäule weg in Richtung Informationszentrum.

»Der Bautrupp hat sich an den Petroglyphen zu schaffen gemacht«, sagte Carla fassungslos.

Warum ist sie sich dessen so sicher?

Gabriela packte ihre Zeichenutensilien zusammen und aufgeregt folgten die Mädchen der Reifenspur, die hinunter zum Informationszentrum führte. Die platt gewalzten Gräser und die tiefen Furchen im feuchten Boden verrieten, dass hier vor kurzem ein schweres Fahrzeug durch den Wald gerollt war.

Auf halbem Wege kamen ihnen Albi und Cuervo entgegen. Die Jungen staunten nicht schlecht, als sie von der Entdeckung der Mädchen hörten.

»Ich kann mir nicht vorstellen, dass die Arbeiter in offiziellem Auftrag gearbeitet haben. Keiner sah aus wie ein Archäologe oder Historiker«, überlegte Albi, während sie zu den Guanchenhöhlen zurückeilten. »Im Gegenteil, sie sahen eher aus wie ganz normale Gauner!«, brummte Cuervo.

Albi und Cuervo begutachteten die Steinsäule mit den Petroglyphen.

»Mann, das ist wirklich gut gemacht!«, pfiff Albi durch die Zähne. »Sie haben den ganzen Steinblock hier ausgetauscht!« Nur bei ganz genauem Hinsehen konnte man die Fuge erkennen, die das Original von der Fälschung trennte.

Inzwischen hatte sich auch Rabuelo zu ihnen gesellt und auch er war fassungslos, dass die Männer am helllichten Tage eine halbe Steinsäule hatten verschwinden lassen können.

»Wir wollen nachsehen, ob sie noch mehr Schaden angerichtet haben«, meinte er kopfschüttelnd.

»Seht mal, ich habe etwas gefunden!«, rief Carla. Sie stand vor der Guanchenhöhle, an der sie mittags den schlafenden Arbeiter fotografiert hatte, und hielt ein kleines Streichholzbriefchen in der Hand.

Sie traute ihren Augen kaum: Die Abbildung darauf hatte sie vor kurzem schon mal gesehen! Und da wusste sie auch, warum ihr der Mann, der hier gelegen hatte, bekannt vorgekommen war!

Wo hatte Carla den Mann schon mal gesehen? Vielleicht hilft Seite 21 weiter.

Klar! Sie hatte den Mann am Flughafen gesehen, als sie an der Absperrung auf Albi gewartet hatte. Es war die »Kanalratte«.

Carla blickte wieder auf das Streichholzbriefchen. Es bestand kein Zweifel. Die Zeichnung darauf sah genauso aus wie die Tätowierung auf den Unterarmen der beiden Männer.

Das Briefchen ging reihum, und als Rabuelo es in Händen hielt, schob er besorgt seinen Strohhut aus dem Gesicht und kratzte sich die Stirn: »Wenn die Arbeiter in der OMSIBAR verkehren, gehören sie zu der übelsten Sorte«, brummte er.

Die OMSIBAR war ein privater Nachtklub. Seltsame Leute gingen dort aus und ein, und oft parkten davor teure Autos mit ausländischen Kennzeichen. Niemand wusste, was in der OMSIBAR vor sich ging, die Fensterläden waren immer geschlossen und man hörte Musik bis in die frühen Morgenstunden. Die Fantasie der Inselbewohner war durch so viel Geheimnistuerei schon angeheizt worden, und man traute den Gästen dieses ominösen Lokals wirklich alles zu.

Kurz darauf entdeckte Bea einen Schuhabdruck in der Nähe der Steinsäule. Der Boden war hier morastig und das Profil hatte sich bis ins kleinste Detail in den Schlamm gedrückt.

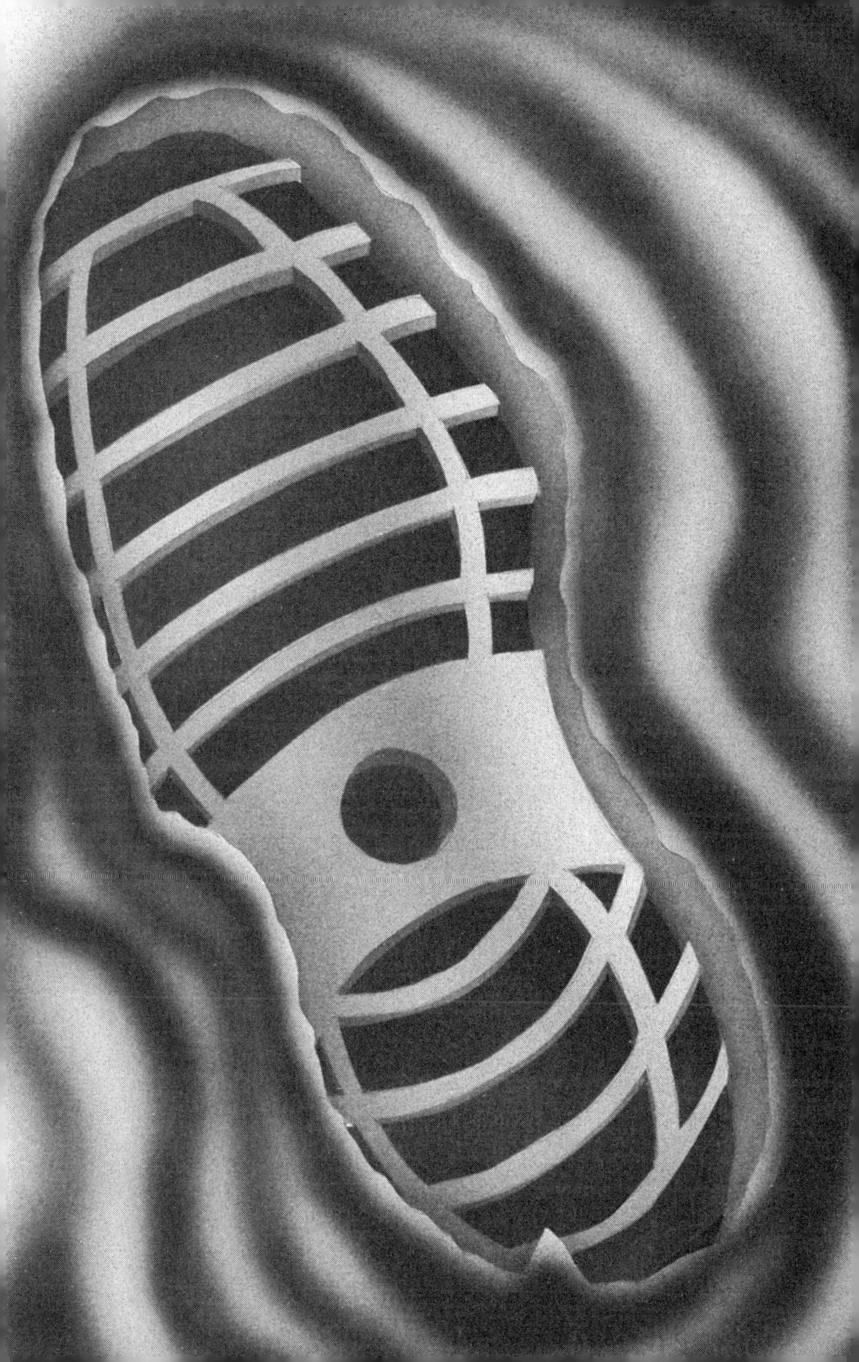

»Ich laufe schnell zum Zeltplatz und hole den Gips«, rief Cuervo. »Ihr wisst doch – ein echter **UNDERGROUND**-Detektiv ist immer für alles gerüstet!«, und schon war er im Wald verschwunden.

Besorgt blickte Rabuelo zum Himmel. Schwarze Wolken türmten sich über den Höhlen und die untergehende Sonne tauchte alles in gespenstisch rotes Licht.

Die SIEBEN RABEN schafften es gerade noch, den ausgehärteten Gipsabdruck aus der Erde zu nehmen, bevor die Dämmerung vollends hereinbrach. Ohne Licht stolperten sie zurück zu ihrem Lager.

Rabuelo hatte etwas Brennholz gesammelt und verstand es, innerhalb kürzester Zeit ein Feuer zu entfachen. Die Äste knackten und zischten und verbreiteten den Geruch von Abenteuer. Die Kinder steckten sich Brot und Dosenwürstchen auf Stecken und hielten sie über die Flammen.

Ihr Urlaub versprach wieder ziemlich aufregend zu werden. Die Geschichte mit dem Streichholzbriefchen aus der OMSIBAR und dem Mann mit dem Tattoo hatte ihren Verdacht bekräftigt, dass es hier nicht mit rechten Dingen zuging.

Gleich nach dem Essen wählten die SIEBEN RABEN auf dem Handy verschiedene Nummern, um herauszufinden, ob der Bautrupp von offizieller Seite hierher geschickt worden war.

Auf dem Rathaus von Garafia, so hieß die Gemeinde, zu der La Zarza gehörte, meldete sich natürlich niemand mehr.

Klar, es war inzwischen 22.30 Uhr!

Als sie bei der Polizei anriefen, hörte man ihnen zwar geduldig und wohlwollend zu, versprach aber nur, sich am nächsten Tag um die Sache zu kümmern.

Die SIEBEN RABEN saßen um das Lagerfeuer und stellten die wildesten Vermutungen an.

Gleich morgen nach Tagesanbruch würden sie nochmal die ganze Umgebung nach Spuren und Hinweisen auf die Bauarbeiter absuchen.

Ihre Begeisterung wurde jäh gedämpft, als dicke Tropfen durch das Blätterdach auf sie herunterplatschten. Das Feuer zischte und dicker Qualm stieg auf. Es begann, wolkenbruchartig zu regnen. Hektisch rafften sie ihre Decken zusammen und verkrochen sich in ihre Zelte.

Irgendwie schafften sie es trotz des lauten Prasselns, ein paar Stunden zu schlafen, und als sie morgens aus ihren Zelten krochen, lachte die Sonne vom wolkenlosen Himmel.

Der Wald dampfte und Dunstschwaden hingen zwischen den Bäumen. Die kleine Quelle war zu einem Sturzbach geworden, der sich zwischen ihren Zelten hindurchschlängelte. Besorgt blickten sich die SIEBEN RABEN um.

»Ich glaube, es ist besser, wenn wir unser Lager abbrechen«, sagte Rabuelo, und die anderen mussten ihm widerwillig Recht geben. Schon nach den ersten Schritten schwappte das Wasser in ihre Turnschuhe. Gummistiefel wären jetzt hilfreich gewesen.

Da die Polizei heute vorbeischauen wollte, war es wohl besser, beim Informationszentrum auf die Beamten zu warten.

Notdürftig packten die SIEBEN RABEN die nassen Zelte zusammen und luden sie auf die Ladefläche des Landrovers.

Sie mussten kräftig anschieben, denn die Reifen versanken fast bis zur Hälfte im aufgeweichten Waldboden. Aber schließlich standen sie alle auf dem Parkplatz vor dem Informationszentrum, verschwitzt und nass von den Tropfen, die sie mit den Ärmeln von den Ästen gestreift hatten.

Sie hörten Motorengeräusche und kurz darauf fuhr ein Streifenwagen vor dem Informationszentrum vor. Zwei Beamte stiegen aus und musterten den mit Waldboden bespritzten Landrover. Bea rettete Rabuelo vor der peinlichen Frage, die den Polizisten auf der Zunge lag. Sie zupfte die Beamten am Ärmel und überschüttete sie mit Informationen über den Bautrupp und die Petroglyphensäule.

Sie schaffte es, die Aufmerksamkeit ganz auf sich zu lenken, und die Polizisten hörten ihr interessiert zu.

»Na, dann wollen wir uns das Ganze mal aus der Nähe anschauen«, sagte einer der Männer.

Aber auf dem Weg zu den Guanchenhöhlen wurden die Polizisten zunehmend missmutiger.

Wie Störche staksten sie den morastigen Pfad entlang und hielten mit spitzen Fingern ihre Hosenbeine, deren Saum schon schlammbespritzt war.

Als sie endlich bei der Steinsäule ankamen, hatte sich davor eine riesige Pfütze gebildet und die Beamten weigerten sich, näher an die Petroglyphen heranzutreten.

Die Kinder waren enttäuscht. Der Schleifstaub war vom Regen weggewaschen und da, wo sie gestern die Reifenspuren entdeckt hatten, floss nun ein Bach das Tal hinunter.

Ihre ganze Geschichte wirkte auf einmal unglaubwürdig, und auch Gabrielas Zeichnung und die Stücke des rotweißen Absperrbandes konnten die Polizisten nicht so richtig überzeugen. Sie murmelten etwas von noch viel Arbeit und von weggespülten Straßen und versprachen, nochmal vorbeizuschauen, wenn das Wetter besser sei.

Mit hängenden Schultern stiefelten die SIEBEN RABEN hinter den Polizisten zurück zum Parkplatz. Die Beamten wischten mit Papiertaschentüchern ihre Schuhe notdürftig sauber, stiegen in ihren Wagen und brausten davon.

Ärgerlich und enttäuscht blieben die SIEBEN RABEN auf dem Parkplatz zurück. Cuervo scharrte missmutig mit seinen Schuhen und malte Kreise und Spiralen auf den nassen Boden. Das brachte Gabriela auf die Idee, dass sie sich hier im Guanchental vor ihrer Abreise mit ein paar geheimen Schriftzeichen verewigen könnten. Alle waren davon begeistert und die Enttäuschung war wie weggeblasen.

Rabuelo bestimmte den Platz. Er vergewisserte sich, dass keine Petroglyphen in der Nähe waren, denn Wandalen wollten sie natürlich nicht sein, und dann legten sie los. Jeder nahm einen spitzen Stein in die Hand und unter Gabrielas Anleitung ritzten sie ihre Botschaft in die Wand.

Kannst du entziffern, was sie geschrieben haben?

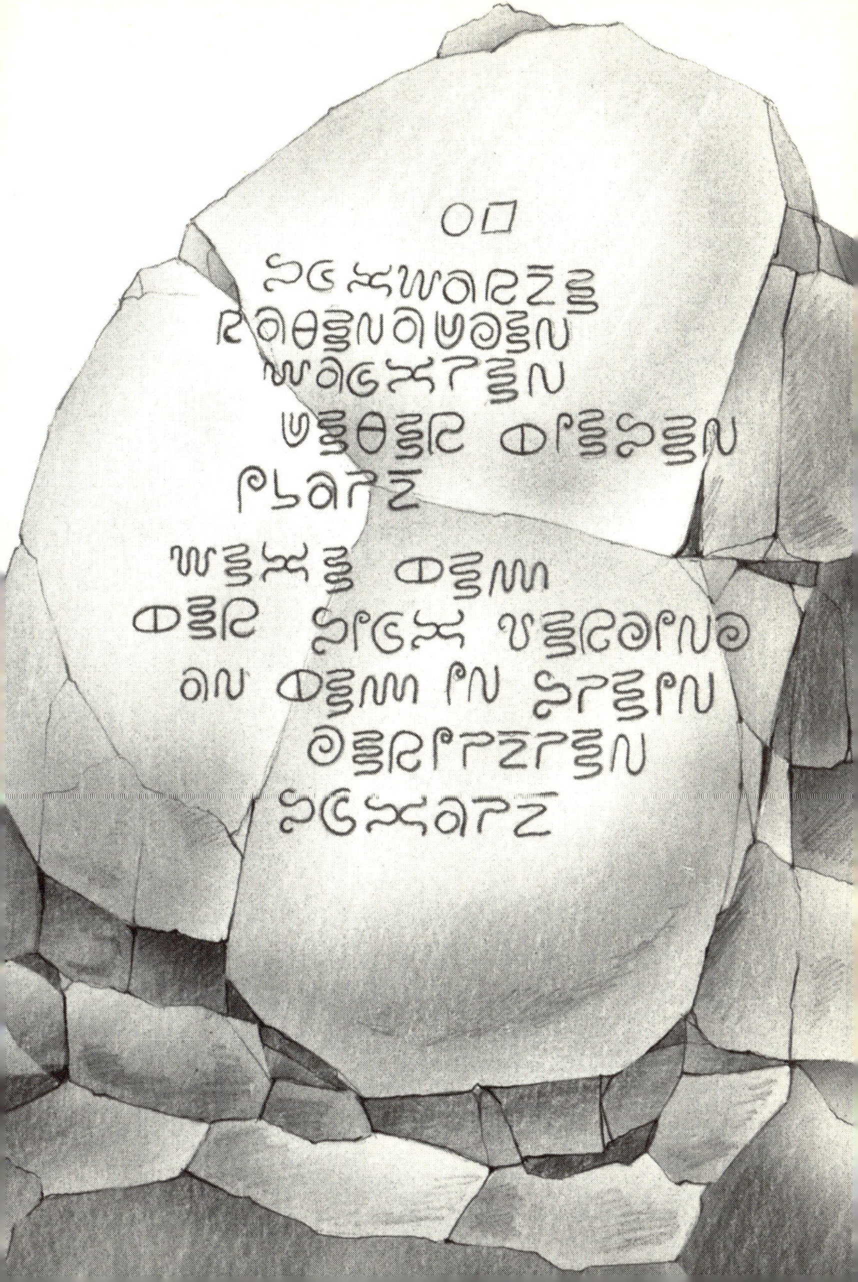

DIE OMSIBAR

Die SIEBEN RABEN waren den ganzen Tag damit beschäftigt, ihre Campingausrüstung und ihre Klamotten wieder sauber zu bekommen. Die rote Erde klebte hartnäckig am Boden der Zelte und in den Profilen ihrer Turnschuhe.

Abends saßen sie vor Carlas Haus auf der Terrasse. Auf dem Tisch lagen die Beweismittel, die sie bei den Höhlen gesammelt hatten:

1. Das Streichholzbriefchen
2. Der Abdruck des Schuhs
3. Die Streifen des rotweißen Absperrbandes
4. Die Fotos, die Carla inzwischen hatte entwickeln lassen

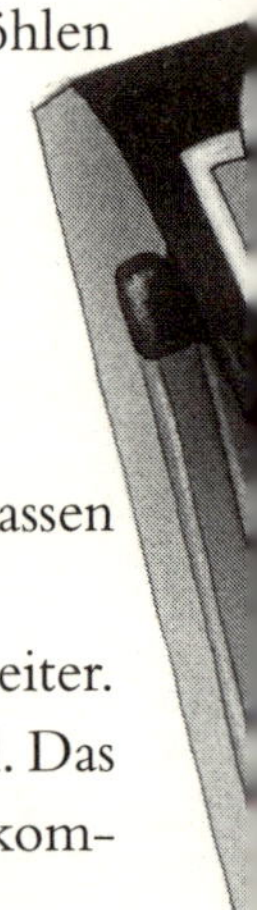

Eines der Bilder zeigte den schnarchenden Bauarbeiter. Carla betrachtete das Foto. Ja, es gab keinen Zweifel. Das war der Typ, der mit der Maschine aus Hamburg gekommen war.

Worin bestand die Verbindung zu der OMSIBAR? Er musste mehr als nur ein zufälliger Gast dort sein, denn er trug das Logo der OMSIBAR als Tattoo auf seinem Arm.

Gabriela betrachtete das Streichholzbriefchen. »Ich versteh das nicht«, sagte sie. »In das Logo wurden bis auf eine Ausnahme alle Buchstaben des Wortes OMSIBAR integriert.«

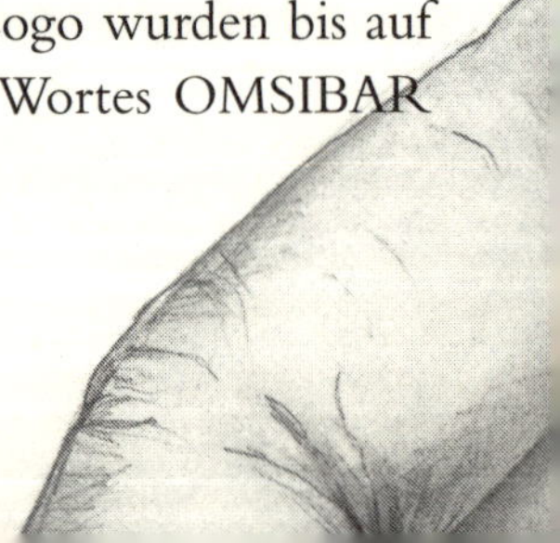

Neugierig suchten nun auch die anderen Mitglieder des Klubs nach den versteckten Buchstaben.

Welcher Buchstabe fehlt?

»Das ›R‹ fehlt«, stellten sie einstimmig fest.

Seltsam. Da gab sich jemand so viel Mühe, den Namen des Nachtlokals in das Logo einzuarbeiten, und vergaß dabei den letzten Buchstaben!

»Wir sollten uns die OMSIBAR genauer ansehen«, schlug Cuervo schließlich vor. »Das ist unsere einzige heiße Spur. Heute ist Samstag und in der Bar bestimmt die Hölle los. Da fällt es nicht auf, wenn ich mich bei vorgerückter Stunde unter die Gäste mische und ein wenig lausche!«

»Mann, das ist zu gefährlich!«, warf Gabriela besorgt ein. »Die Typen, die dort aus und ein gehen, sollen vor nichts zurückschrecken!«

»Außerdem siehst du nicht wie achtzehn aus«, fügte Carla mit einem leicht spitzen Unterton hinzu.

Cuervo funkelte sie an: »Wenn die Polizei schon Angst hat, sich die Füße nass zu machen, müssen eben wir versuchen, die Petroglyphenräuber zu schnappen!«

»Wir Kinder haben wirklich keine Chance, da reinzukommen«, sagte Carla versöhnlich. »Aber …«

Mit einem schelmischen Lächeln wandte sie sich Rabuelo zu.

»Kinder, Kinder!«, schüttelte dieser den Kopf, als er sechs erwartungsvolle Augenpaare auf sich gerichtet sah.

»Rabuelo, du musst da reingehen!« Bea rüttelte an seinem Arm und schaute ihn flehend an: »Wir staffieren dich fein aus und Albi leiht dir seine schwarze Sonnenbrille. Dann siehst du aus wie ein Mafioso!«

Rabuelo blickte an sich herunter. »Das ist mein bestes Hemd«, brummte er und zupfte mit zwei Fingern an dem ausgeblichenen Stoff, auf dem nur noch Fragmente des früheren Karomusters zu sehen waren. »Das ist kein Problem!«, rief Carla. »Der Schrank meines Vaters hängt voller piekfeiner Anzüge!«

Zum Glück war Carlas Mutter schnell von der Dringlichkeit des Unternehmens überzeugt, und so begnügte sich ihr Vater mit einem unverständlichen Brummen.

In Carlas Zimmer wurde der Fischer und Avocadobauer Rabuelo in einen lässigen Mafiaboss verwandelt. Mit Albis Haargel klatschte Gabriela seine wilden Locken glatt nach hinten. Der Stoppelbart wurde abrasiert und hinter Albis Sonnenbrille verschwanden seine spitzbübischen Augen. Ärmel und Hosenbeine von Vaters gutem Anzug waren etwas zu lang, aber mit ein paar Nadelstichen wurde er Rabuelos Körpergröße angepasst.

Die SIEBEN RABEN hatten so viel Spaß bei der Verkleidungsaktion, dass sie gar nicht bemerkten, dass es draußen schon dunkel war und Zeit für Rabuelos Auftritt!

Im Schutz der Dunkelheit begleiteten Albi und Cuervo Rabuelo bis zur OMSIBAR. Sie wollten hinter dem Gebäude auf ihn warten.

Mit etwas gemischten Gefühlen ging Rabuelo auf die verschlossene Eingangstür zu und klopfte. Von drinnen klang laute Musik und Stimmengewirr. Rabuelo wartete.

Schon wollte er ein zweites Mal klopfen, als die Tür mit energischem Schwung aufgerissen wurde und ein breitschultriger Mann den Kopf herausstreckte. Mit einem flüchtigen Blick musterte er Rabuelos Aufzug und schnaubte dann: »Passwort!«

Daran hatten sie nicht gedacht! Nur mit dem richtigen Passwort kam man durch diese Tür. Rabuelo überlegte und dabei blieb sein Blick an der rot blinkenden Leuchtreklame hängen, die sich im Fenster der Bar spiegelte.

Was las er in der Spiegelung?

OMSIBAR

Da fiel es ihm wie Schuppen von den Augen. »ABISMO!«, antwortete er lässig, und der Türsteher nickte zufrieden mit dem Kopf. Erleichtert drängte sich Rabuelo an dem Muskelprotz vorbei und verschwand zwischen den Männern in der stickigen Dunkelheit der Bar.

Das Erste, was er in dem düsteren Raum wahrnahm, waren kleine, rot glühende Punkte. Rabuelo spähte über den Rand seiner getönten Brille. Ah, das waren die Spitzen der Zigarren, die in den Mundwinkeln der Barbesucher hingen!

Rabuelo mischte sich unter die qualmende Gesellschaft, und keiner schien etwas Verdächtiges an ihm zu bemerken.

Kumpelhaft klopften ihm die Männer auf die Schultern, und schon hatte auch Rabuelo eine Zigarre im Mund und ein Glas mit allerfeinstem Rum in der Hand.

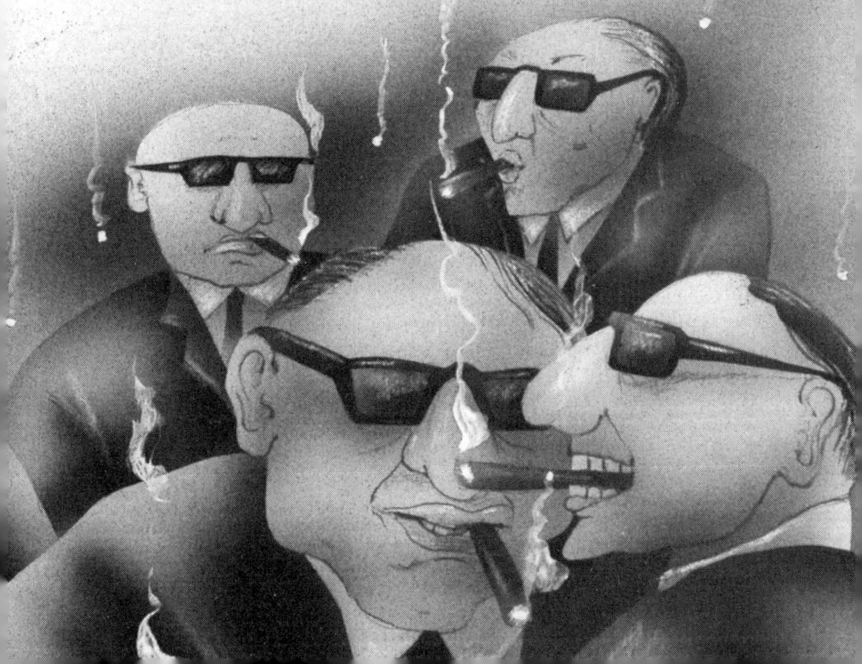

Währenddessen kauerten Cuervo und Albi hinter dem Gebäude zwischen Bergen von leeren Kartons und Rumflaschen.

Aus dem kleinen erleuchteten Fenster über ihnen drang raues Gelächter und das Plätschern der Toilettenspülung.

Die Männer schienen sich über Negro lustig zu machen, der neugierig seinen Kopf in das leicht geöffnete Fenster geschoben hatte. Eine Tür schlug zu, die Stimmen verstummten. Die Männer waren zurück an die Bar gegangen.

Cuervo stand auf und wollte Negro vom Fensterbrett herunterholen, als er sah, dass ein Mann mit dunkler Brille und schwarzem Anzug die Toilette betrat und direkt auf das Fenster zuging. Erschrocken duckte sich Cuervo wieder zwischen die leeren Kartons. Hoffentlich hatte ihn der Mann nicht bemerkt!

Cuervo blickte nach oben. Negros Kopf steckte noch immer in dem Fensterspalt und er flatterte aufgeregt mit den Flügeln. Das Fenster verdunkelte sich. Der Mann musste nun unmittelbar davor stehen.

»Negro, komm sofort da herunter«, zischte Cuervo und griff nach seinem Vogel. Der Typ mit der schwarzen Brille klopfte ans Fenster und kurz darauf verriet das Schlagen der Tür, dass er die Toilette verlassen hatte. Cuervo hielt seinen zappelnden Raben mit beiden Händen und stammelte erschrocken: »Jetzt fliegen wir auf! Lass uns abhauen!«

»Warte, sieh doch mal! Negro hat einen Zettel im Schnabel!«, erwiderte Albi und faltete das Papier auseinander.

Was steht auf dem Zettel?

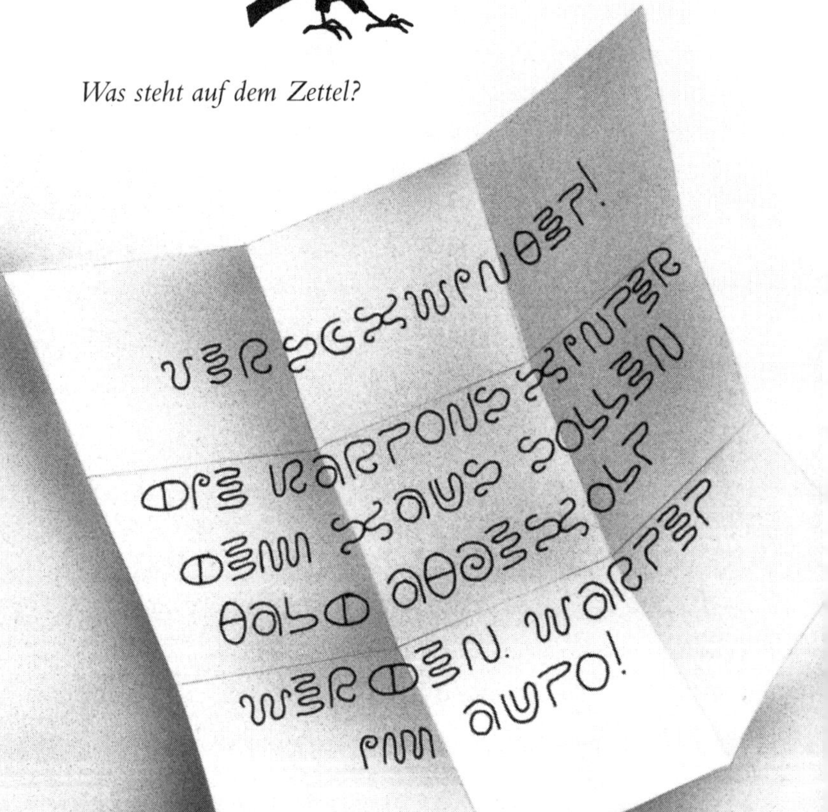

Albi und Cuervo, mit dem Raben unter dem Arm, schlichen davon und warteten im Landrover, der ein paar Straßen weiter geparkt war, auf Rabuelo.

Es dauerte nicht lange, da kam er um die Ecke geschlendert. Er sah nicht nur aus wie ein Mafiaboss, er bewegte sich auch so. Mit einer eleganten Handbewegung strich er sich über das schwarz glänzende Haar und zwischen seinen weiß blitzenden Zähnen steckte eine dicke Zigarre.

Er kletterte in den Landrover und atmete tief durch.

»So, jetzt ist Schluss mit der Maskerade«, brummte er und nahm die dunkle Brille ab. Dann langte er in sein Jackett und zog ein vergilbtes Foto heraus.

»Das hab ich mir ausgeliehen«, sagte er mit einem Augenzwinkern. »Da scheinen die wichtigsten Leute aus der Bar drauf zu sein. Unter anderem auch unser schlafender Bauarbeiter. Und diese hier waren umsonst«, fügte er grinsend hinzu und kramte aus seinen Jackentaschen dutzende der kleinen Streichholzbriefchen heraus.

»Und jetzt ab ins Bett«, sagte er und ließ den Motor an. »Morgen Früh läuft der Tanker MOSAMBIK ein. Da müssen wir vor Ort sein!«

DER TANKER MOSAMBIK

Als die SIEBEN RABEN am Sonntagmorgen im Hafen ankamen, lag bereits ein riesiger Tanker am Kai. Ein rostiges Ungetüm aus Eisen und Stahl.

Während sich Rabuelo mit ein paar Fischern unterhielt, die gerade von ihrer nächtlichen Ausfahrt zurückgekommen waren, standen die Kinder an der Hafenmauer und begutachteten das gigantische Schiff.

»Der Kahn sieht genauso verrottet aus wie die ABISMO, die damals in Ludwigshafen festgemacht hatte, als Lilly Rosa verschwand«, stellte Carla fest. »Stimmt«, gab ihr Albi Recht. »Die ABISMO liegt bereits auf dem Meeresgrund und dieser Rostkübel macht es bestimmt auch nicht mehr lange!«

»Seht doch mal!«, rief ihnen Gabriela zu, die bereits bis zum Bug des Schiffes geschlendert war. In großen weißen Buchstaben leuchtete dort der Name des Tankers »MOSAMBIK«.

Die Freunde konnten Gabrielas Aufregung nicht ganz verstehen. Gut, man sah, dass die Schrift erst vor kurzem aufgemalt worden war. Aber das war weiter nicht verwunderlich. Der ganze Kahn bestand aus ausgebesserten Stellen und schien nur noch von der dicken Farbe, die an vielen Stellen schon wieder abblätterte, zusammengehalten zu werden.

»Seht ihr die kleinen weißen Farbreste oberhalb und unterhalb der Schrift? Stellt euch dazwischen Buchstaben vor!«, rief Gabriela und deutete auf den Namen des Tankers.

Verbinde die Farbreste hinter dem Schriftzug MOSAMBIK. Welches Wort war hier überpinselt worden?

»ABISMO!«, stieß Albi ungläubig hervor.

»Hinter der MOSAMBIK versteckt sich also die ABISMO, und das im wahrsten Sinne des Wortes«, stellte Carla erstaunt fest.

Vergleiche die beiden Wörter. Was stellst du fest?

»Und sie liegt nicht auf dem Meeresgrund, sondern hier im Hafen von Tazacorte«, fügte Albi hinzu.

Den SIEBEN RABEN lief es eiskalt den Rücken hinunter, als sie sich darüber klar wurden, welche Bedeutung die Anwesenheit des Schiffes hatte.

»Auf diesen Tanker wurde die Haushälterin von Kapitän Kidd, Lilly Rosa, verschleppt«, flüsterte Carla.

»Und dann stahlen sie die Schatzkarte aus dem Haus des Kapitäns«, fügte Albi leise hinzu. »Und wenn wir ihnen nicht in die Quere gekommen wären, hätten sie sich mit dem Piratenschatz aus dem Staub gemacht.«

Cuervo kniff die Augen zusammen und zischte: »Wir haben damals offensichtlich nur einen Teil der Bande geschnappt.«

»Dem Rest der Bande sind wir oben bei den Petroglyphenfelsen und gestern Nacht in der OMSIBAR begegnet«, brummte Rabuelo und kratzte sich an der Stirn. Ihm fiel das Passwort ein, mit dem ihm gestern Nacht Einlass in die Bar gewährt worden war: ABISMO. Das Wort wurde langsam zum Albtraum.

»Das ›R‹ in dem Logo der OMSIBAR und bei dem Tattoo der beiden Männer wurde also absichtlich weggelassen«, stellte Gabriela fest. »Die Buchstaben sollen nicht das Wort OMSIBAR ergeben, sondern rückwärts ohne ›R‹ gelesen das Wort ABISMO.«

»Kinder, das wird eine Nummer zu groß für uns«, entschied Rabuelo. »Lasst uns die Polizei informieren.«

Mit gemischten Gefühlen marschierten die SIEBEN RABEN zur Station der Hafenpolizei.

Als sie ihre Beobachtungen mitteilten, schüttelte der Beamte ungläubig den Kopf. Es klang einfach zu unwahrscheinlich – eine Verbindung zwischen der OMSIBAR und dem Tanker MOSAMBIK, der eigentlich ABISMO hieß. Sollte sich dahinter wirklich mehr verbergen als ein paar gemeinsame Buchstaben?

Der Hafenpolizist nahm ein Protokoll auf und versprach, sich um die Sache zu kümmern.

Als die SIEBEN RABEN die Hafenpolizei verließen, blieb ihr Blick an der Anschlagtafel hängen.

»Das ist die Gelegenheit, an Bord zu kommen«, pfiff Cuervo durch die Zähne und blinzelte Albi zu.

Warum glauben die Jungs, dass es eine Möglichkeit für sie gibt, an Bord dieses Tankers zu kommen?

Den ganzen folgenden Tag schleppten Albi und Cuervo schwere Kisten auf das Schiff. Für einen Stundenlohn von drei Euro! Das war reine Ausbeutung und Sklaverei! Dabei wurden sie ständig von zwei Typen der Besatzung angetrieben und es bot sich keinerlei Gelegenheit, den Tanker auf eigene Faust auszukundschaften.

Abends waren sie völlig erschöpft und Albi, der so schwere Arbeit nicht gewohnt war, konnte nur noch gebückt gehen. Als Carla in sein Zimmer schaute, lag er gekrümmt auf dem Bett und tippte auf der Tastatur seines Minicomputers.

»Cuervos Methoden, einen Fall zu klären, sind für mich nicht geeignet«, stöhnte er und rieb sich den Rücken. »Ich versuch es nun auf meine Art.« Neugierig setzte sich Carla auf die Bettkante und spähte auf den Bildschirm.

Albi tippte in die Suchmaschine

www.google.de

die Suchwörter ABISMO und MOSAMBIK.

Es erschien eine solche Flut verschiedener Beiträge auf dem Bildschirm, dass Albi resigniert den Kopf schüttelte. »Wir brauchen Jahre, um das hier alles durchzulesen!«

»Versuch es mit **Schiffswerften**«, riet Carla.

Die Seiten, die nun erschienen, hatten zwar alle mit Schiffen zu tun, aber auch hier würden sie Tage brauchen, um sich durchzuarbeiten.

»Bitte doch unsere Freunde aus dem UNDERGROUND-Klub um Mithilfe«, meinte Carla schließlich und Albi ärgerte sich, dass er nicht schon früher auf diese Idee gekommen war.

Folgendes Mail sauste wenig später durch das Internet:

Brauche dringend eure Hilfe!
Wer kommt an Informationen über das Schiff ABISMO bzw. MOSAMBIK?

Anscheinend saßen an diesem Abend mehrere UNDERGROUND-Mitglieder vor ihren Computern, denn schon nach ein paar Minuten erschienen verschiedene Antworten und Tipps auf dem Bildschirm.

Bei den meisten Mails handelte es sich um Adressen von Werften und Zulassungsstellen und schließlich schickte ein UNDERGROUNDler folgende Information:

Die MOSAMBIK ist ein absolut baugleiches Schwesterschiff der ABISMO und Eigentum derselben Holdingfirma.

»Weißt du, was das bedeutet?«, fragte Albi Carla. Carla zuckte mit den Schultern.

»Wenn hier im Hafen die ABISMO vor Anker liegt, dann schwimmen durch die MOSAMBIK Haie und Kraken, und zwar in 1000 Meter Tiefe.«

Carla wurde ganz schwindlig, als ihr bewusst wurde, was Albis Worte bedeuteten. Nicht die ABISMO war vor der afrikanischen Küste gesunken, sondern die MOSAMBIK! Man sollte also glauben, die ABISMO sei für alle Zeiten von der Oberfläche verschwunden. Dafür musste ein anderes Schiff inklusive Besatzung geopfert werden. Schauderhaft!

»Leider sind das alles nur Vermutungen.« Albi war müde und fuhr seinen Computer herunter. »Wir können die Polizei nur auf die Ergebnisse unserer Recherchen hinweisen und hoffen, dass sie der Sache nachgehen.«

AN BORD

Während sich Albi und Cuervo am nächsten Tag wieder mit den schweren Kisten abmühten, saßen die drei Mädchen auf der Hafenmauer und beobachteten das geschäftige Treiben auf dem Tanker.

»Ich glaube, der Rostkübel wird bald auslaufen«, stellte Carla plötzlich erschrocken fest.

Wie kommt Carla darauf?

Ein Tanklastwagen war an das Kai herangerollt und Männer in gelben Overalls schleppten einen dicken Schlauch an Deck.

»Wenn sie den Kahn jetzt voll tanken, wollen sie bestimmt morgen den Hafen verlassen«, stellte Gabriela resigniert fest.

Sie sprangen von der Hafenmauer und gingen auf den Tankwagen zu. Der Geruch von Diesel lag in der Luft, und da wo der Schlauch am Lastwagen festgeschraubt war, bildete sich eine Öllache, die bunt im Sonnenlicht glitzerte.

Während sie überlegten, wie sie den Tanker am Auslaufen hindern könnten, verließ eine Gruppe von Männern das Schiff und kam kehlig lachend auf sie zu.

Erschrocken wichen die Mädchen ein paar Schritte zurück, doch die Männer schienen keine Notiz von ihnen zu nehmen.

»Seht doch mal!«, rief Bea. Die Männer waren achtlos durch die Öllache gestapft und ihre Schuhabdrücke hinterließen ein schillerndes Muster auf dem Betonboden.

Gabriela kramte fieberhaft in ihrer Tasche und holte den Gipsabdruck hervor, den sie bei den Petroglyphenfelsen ausgegossen hatten. Triumphierend hielt sie ihn in die Höhe: »Beweisstück Nummer zwei!«

Aufgeregt bückten sich die Mädchen und verglichen die Profile.

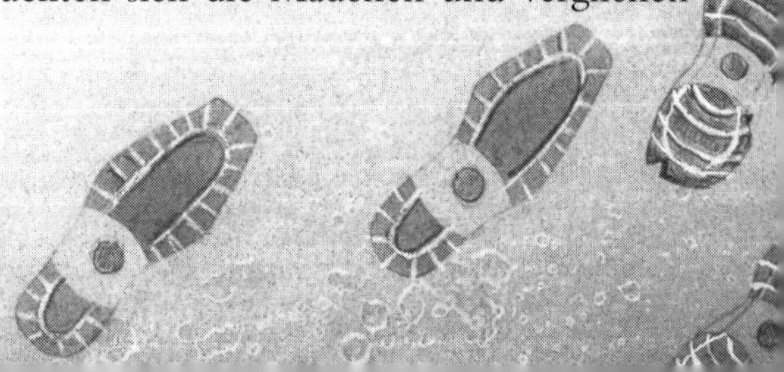

Ist der gesuchte Schuhabdruck dabei?

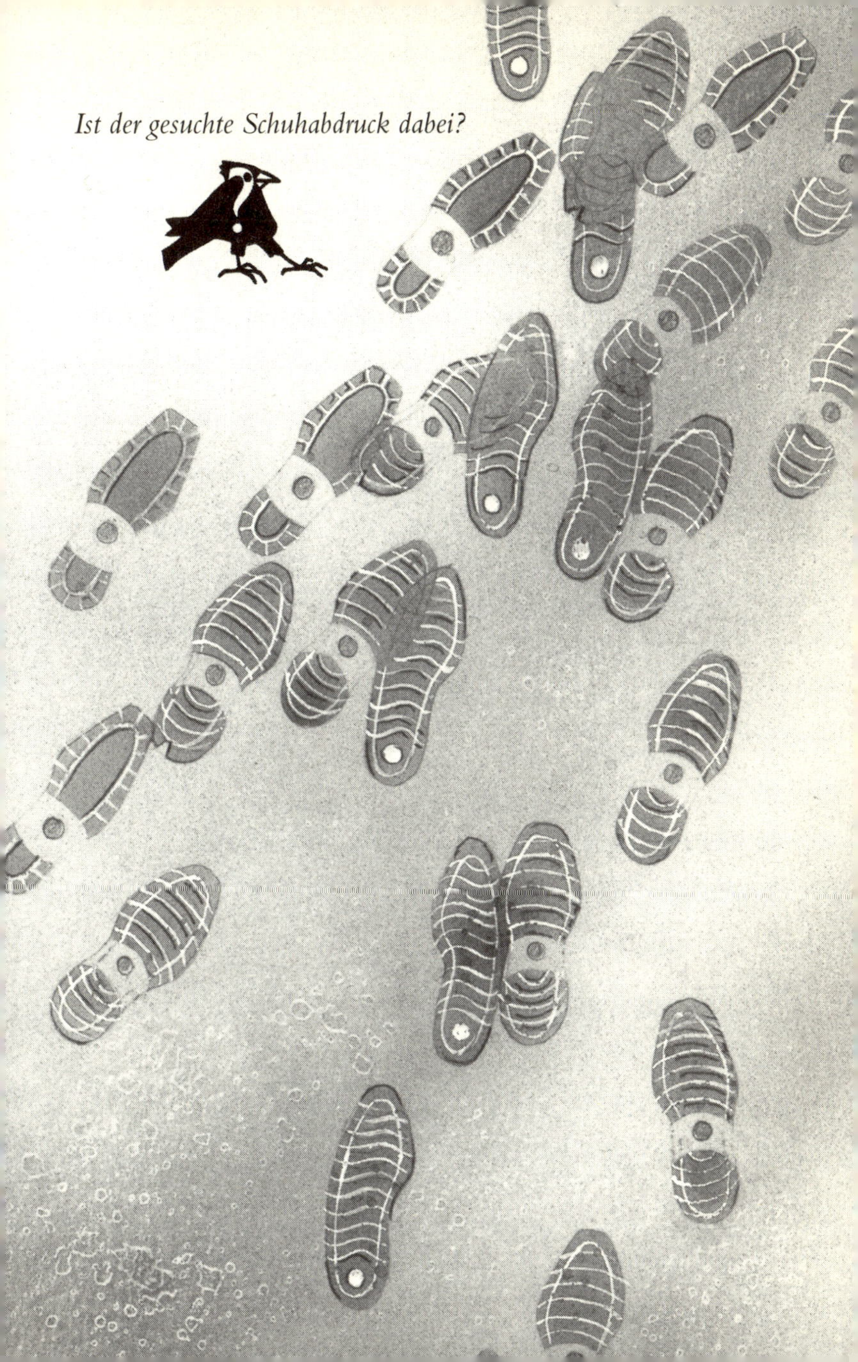

Tatsächlich! Zumindest ein Mann der Schiffsbesatzung war auch am Raub der Petroglyphen beteiligt gewesen!

Ungeduldig warteten die Mädchen nun auf die Mittagspause ihrer beiden Freunde. Endlich erschienen sie an Deck. Cuervo winkte ihnen fröhlich zu und Albi trottete gebückt und mit schmerzverzerrtem Gesicht hinter ihm her.

Später saßen sie nebeneinander auf der Hafenmauer und starrten hinüber zu dem Tanker.

»Wir haben die Beweise, dass die Besatzung dieses Schiffes mit den Leuten von der OMSIBAR unter einer Decke steckt und dass sie am Raub der Petroglyphen beteiligt war. Außerdem vermuten wir, dass auf diesem Tanker Lilly Rosa verschleppt wurde und die Besatzung folglich auch mit dem geplanten Raub des Piratenschatzes zu tun hatte«, fasste Albi zusammen und rieb sich dabei die schmerzenden Stellen an seinem Rücken.

Cuervo ballte die Fäuste: »Ich bohre den Tanker an und setzte ihn hier im Hafen auf Grund. Das dürfte bei der maroden Kiste kein Problem sein!«

»Red keinen Quatsch«, schalt ihn Gabriela. »Aber es muss einen Weg geben, den Tanker am Auslaufen zu hindern.«

Sie winkte Rabuelo zu, der gerade mit seinem grünen Landrover durch das Tor der Hafeneinfahrt rollte.

Er hatte die Nacht mit seinem Fischerboot draußen auf dem Meer verbracht und kam nun zurück vom Markt, wo er seinen Fang verkauft hatte.

»Stimmt«, brummte Rabuelo. »Der Tanker macht zum Auslaufen klar. Ich habe die Typen vom Schiff auf dem Markt gesehen. Sie haben Unmengen an Obst und Gemüse bestellt. Das heißt: Uns bleibt nicht mehr viel Zeit!«

»Da kommt der Vitaminstoß schon!«, rief Bea und deutete auf einen Lieferwagen mit der Aufschrift

FRUTAS Y VERDURAS.

Er brauste gerade auf das Hafengelände und machte vor dem Tanker Halt.

Leider war die Mittagspause von Albi und Cuervo zu Ende und die beiden sprangen von der Hafenmauer und gingen lustlos auf den Tanker zu. Der Mann, der sie eingestellt hatte, wartete schon ungeduldig und wies sie barsch an, den Inhalt des Lieferwagens an Deck zu schaffen.

»Geht vorsichtig mit den Kisten um. Ich habe keine Lust, die nächsten Wochen Gemüsebrei zu essen.«

Erleichtert spähte Albi in die geöffnete Ladeklappe. Obst- und Gemüsesteigen! Die waren sicher leichter als die schweren Container, die sie heute Morgen in den Laderäumen des Tankers hin und her geschoben hatten.

Albi und Cuervo hoben je eine Kiste aus dem Wagen und marschierten hinter ihrem Arbeitgeber her.

»Ich zeige euch, wo ihr das Zeug hinschaffen sollt«, schnauzte er ihnen über die Schulter zu.

Diesmal führte der Weg nicht hinunter in den Bauch des Schiffes, sondern vorbei an den Kojen der Besatzungsmitglieder.

Albi schaute nach hinten und blinzelte Cuervo viel sagend zu. Jetzt hieß es, die Augen offen halten! Hierhin waren sie bis jetzt nicht vorgedrungen!

Der Mann vor ihnen öffnete am Ende des Ganges eine Tür. Das hier schien eine Art Vorratslager zu sein.

»Stellt die Gemüsekisten in die Regale«, befahl er und wies auf eine schwere Metalltür. »Lasst den Kühlraum nicht zu lange offen stehen«, fügte er hinzu, wandte sich um und verschwand eilig.

Es war das erste Mal, dass sie auf dem Tanker nicht von einem Besatzungsmitglied beobachtet wurden. Anscheinend wurden alle Hände gebraucht, um den Tanker zum Auslaufen fertig zu machen.

Die beiden Jungen stellten ihre Kisten ab und ließen den Blick neugierig durch den Raum schweifen. In den Regalen wurden Unmengen verschiedener Lebensmitteln gelagert.

»Paprikapulver, Weizenmehl, Zucker, Reis, Nudeln«, las Albi vor, als er an der Regalwand entlangging.

Die Kisten sind nur spanisch beschriftet. Findest auch du heraus, welche Nahrungsmittel sie enthalten?

Auf der anderen Seite des Raumes befand sich eine Tür. Cuervo öffnete sie vorsichtig und spähte hinein: ein weiterer Vorratsraum. Schon wollte er die Tür wieder schließen, da bemerkte er, dass ihn durch ein kleines erleuchtetes Fenster am Ende dieses Raumes eine Frau anstarrte. Cuervo erschrak, schlug die Tür zu und lehnte sich mit dem Rücken dagegen. Albi schaute ihn verständnislos an. »Hast du da drinnen ein Gespenst gesehen?«, fragte er.

»Eine Frau hat mich angesehen«, stotterte Cuervo.

»War dies das erste Mal in deinem Leben?«, fragte Albi kopfschüttelnd und zog ihn von der Tür weg.

Er öffnete sie und spähte hinein. Hinter dem erleuchteten Fenster lag die Kombüse. Er sah eine Reihe großer Herde und eine Frau mit geblümter Schürze, die in einem riesigen Topf rührte. Die Frau wandte sich um und als sie ihn erblickte, kam sie winkend an das Fenster gelaufen. Sie wirkte auf Albi ganz und gar nicht bedrohlich, eher ängstlich und hilflos.

Die Frau hetzte zurück an den Herd, steckte ihren Finger in den großen Topf und kam zurück an das Fenster. Eilig schrieb sie mit dem Finger, von dem rote Tomatensoße tropfte, etwas auf die Glasscheibe.

Kannst du ihren Hilferuf entziffern?

Albi rannte durch den Vorratsraum und rüttelte am Türgriff, aber die Tür ließ sich nicht öffnen.

Beruhigend winkte er der Frau, der Tränen in den Augen standen, zu. Er holte die Pocketkamera aus seiner Hosentasche und fotografierte die Szene ein paarmal. Noch einmal lächelte er der Köchin aufmunternd zu, dann rannte er zurück zu Cuervo, der inzwischen an der Tür zum Gang Wache geschoben hatte.

»Die Frau ist Lilly Rosa, Kapitän Kidds Haushälterin!«, flüsterte er aufgeregt. »Lass uns hier verschwinden! Wir müssen unbedingt die Polizei informieren!«

Die beiden Jungen rannten den Gang hinunter.

»Warum habt ihr es denn so eilig? Habt ihr etwas ausgefressen?«, knurrte ein dicker Matrose, der sich gerade durch die schmale Tür seiner Koje in den Gang schob und ihnen den Weg versperrte.

»Wir müssen die Gemüsekisten abladen«, stammelte Cuervo. »Na, dann los«, brummte der Seebär, presste seinen massigen Körper gegen die Wand und gab ihnen den Weg frei.

Betont lässig gingen sie weiter und gelangten an die schmale Treppe, die nach oben führte.

Sie stiegen ein paar Stufen hinauf und hielten erschrocken inne. Durch die offene Tür, die zum Deck hinaufführte, hörten sie die Stimmen von Männern, die sich aufgeregt unterhielten:

»Seid ihr völlig bekloppt!«, brüllte gerade der eine. »Ihr habt einen Kleinen, Kräftigen mit schwarzen Haaren und einen Langen, Dünnen mit heller Haut beauftragt, die Gemüsekisten in die Kombüse zu tragen? Wisst ihr, welche Bürschchen ihr uns da ins Nest geholt habt?« Es folgte ein betretenes Schweigen.

»Das sind Mitglieder des Klubs ›Die SIEBEN RABEN‹«, raunte die Stimme, und entsetzte Rufe verrieten, dass auch andere Mitglieder der Besatzung die SIEBEN RABEN kannten und nicht gerade glücklich waren, die beiden Jungen an Bord zu haben.

Cuervo und Albi blickten sich erschrocken an, und wie auf Kommando stürmten sie die Treppe wieder hinunter.

Vor ihnen erstreckte sich der lange Gang, aus dem sie gerade gekommen waren, und links um die Ecke führte eine Metalltreppe hinunter in die Lagerräume des Schiffes.

»Los, hier lang«, flüsterte Cuervo und hastete bereits die steile Treppe hinunter. Sie mussten damit rechnen, dass in Kürze die gesamte Mannschaft hinter ihnen her sein würde. Immer wieder verzweigten sich Gänge und Treppen und sie gerieten immer tiefer in den stählernen Bauch des Tankers.

Findest du den Weg aus diesem Labyrinth, vorbei an den Besatzungsmitgliedern, die auf der Jagd nach ihnen sind? Der kleine Rabe rechts oben zeigt dir den Einstieg, der kleine Rabe links unten die Eisenluke, aus der sie der dicke Matrose stößt.

Seltsamerweise war es der dicke Matrose, der sie aus der fast ausweglosen Situation rettete. Sie waren ihm förmlich in die mächtigen Arme gelaufen und dachten schon, das Spiel sei aus, da zwinkerte er ihnen verschwörerisch zu und lächelte:

»So ein Aufhebens wegen ein paar geklauter Äpfel. Ich versteh euch, Jungs. Ich habe auch immer Hunger. Hier geht's lang!«

Damit drehte er sich um und zwängte sich durch eine kleine Luke. Erleichtert folgten ihm die Jungen in einen finsteren Gang. Ihr dicker Retter schien nichts von den Machenschaften seiner Kollegen zu ahnen. Sie hörten das Schlagen einer Metalltür und helles Licht strömte durch eine Öffnung in der Bordwand.

»Schwimmen könnt ihr, nehme ich an«, grinste er und schubste sie hinaus ins Freie.

Die Jungen platschten ins Wasser und kamen prustend an die Oberfläche. Ohne sich noch einmal umzudrehen, kraulten sie auf die Kaimauer zu und kletterten eine schmale Eisenleiter hinauf an Land. Tropfnass schlichen sie hinter den geparkten Gemüselieferwagen.

»Die Kamera!«, rief Albi entsetzt und griff in seine Hosentasche. Mit zittrigen Händen spulte er den Film zurück und öffnete sie. »Gott sei Dank!«, stöhnte er erleichtert.

Die Kamera war innen trocken geblieben, und wenn sie Glück hatten, würde der Film noch brauchbar sein.

Die Mädchen und Rabuelo hatten von der Hafenmauer aus beobachtet, wie der Tanker die beiden Jungen förmlich aus einer Ladeluke gespuckt hatte, und nun hielt der grüne Landrover neben dem Lieferwagen. Albi und Cuervo kletterten zu ihren Freuden auf die Ladefläche.

Rabuelo trat das Gaspedal bis zum Anschlag durch und sie brausten mit quietschenden Reifen davon.

WO STECKT LILLY ROSA?

Die Kinder stürmten in den Fotoladen in Los Llanos und redeten alle gleichzeitig auf den Besitzer ein, der hinter dem Verkaufsthresen lehnte und sie verständnislos anblickte. Jetzt zählte jede Minute. Der Tanker machte klar zum Auslaufen, und sie brauchten unbedingt das Foto mit Lilly Rosa, um die Polizei endlich von der Richtigkeit ihres Verdachtes zu überzeugen.

»Ein wenig müsst ihr euch schon gedulden«, beschwichtigte der Fotomensch die SIEBEN RABEN und verschwand im Entwicklerraum. Carla rief mit dem Handy ihren Vater an und sprudelte los: »Hallo, Papa, du musst die Polizei verständigen! Lilly Rosa befindet sich an Bord des Tankers! Albi und Cuervo haben sie gesehen und fotografiert!«

»Lilly Rosa? Seid ihr euch sicher? Diese Verbrecher! Macht euch keine Sorgen, ich werde dafür sorgen, dass die Polizei den Hafen dichtmacht!«

Endlich hielten sie die entwickelten Fotos in Händen. Super! Lilly Rosa war deutlich zu erkennen. Sogar die Botschaft in Tomatensoßenspiegelschrift konnte man lesen!

Während Rabuelo die Fotos bezahlte, rannten Albi und Cuervo hinaus auf die Straße, direkt in die Arme eines Mannes, der eine schwarze Brille und einen schwarzen

Anzug trug und den Carla, die hinter den Jungen aus dem Fotoladen gekommen war, sofort als den »Mafiaboss« vom Flughafen erkannte.

Der Typ packte Albi grob am Arm und sein Blick fiel dabei auf die Fotos in seiner Hand.

»Du kommst mit mir!«, zischte er und holte mit der anderen Hand ein Klappmesser aus der Hosentasche, das er Albi an den Bauch drückte. »Ein zweites Mal lass ich mir von den SIEBEN RABEN nicht ins Handwerk pfuschen. Und wenn dir das Leben deines blassen Freundes lieb ist, kommst auch du mit!«, fauchte er Cuervo an.

Albi und Cuervo blickten sich an und sie wussten, dass sie soeben dem Mann in die Arme gelaufen waren, dessen Stimme sie auf dem Tanker gehört hatten. Dieser Mann hatte also Angst vor den SIEBEN RABEN!

In diesem Moment trat Rabuelo aus dem Fotoladen und mit zornig blitzenden Augen packte er den Mann an seinem Hemdkragen und zog ihn ganz nah zu sich heran.

»Lass den Jungen los«, zischte er. »Sonst sorge ich dafür, dass deine Spelunke dichtgemacht wird. ABISMO, erinnert dich das an etwas?« Rabuelo hatte den Mann als den Besitzer der ominösen OMSIBAR wiedererkannt.

Zögernd ließ der Typ von Albi ab, blickte sich unsicher um und verschwand in der Menschenmenge.

Cuervo wollte ihm erbost hinterherrennen, aber Rabuelo hielt ihn zurück: »Lass ihn! Die Polizei wartet im Hafen auf uns.«

Die SIEBEN RABEN sprangen auf den Landrover und düsten hinunter zum Meer.

Carla entdeckte ihren Vater, der in einer Gruppe von Polizisten stand und nach ihnen Ausschau hielt.

Die Beamten schüttelten den Kopf, als sie die Fotos mit Lilly Rosas Hilferuf betrachteten. Das war ja nicht zu fassen.

Die SIEBEN RABEN hatten also tatsächlich wieder einmal Recht gehabt. Sie blickten hinüber zum Tanker. Die Maschinen liefen schon und an Bord herrschte hektische Betriebsamkeit.

Ein paar Männer standen an der Reling und sahen nervös zu ihnen herüber. Gleichzeitig schienen sie nach jemandem Ausschau zu halten. Carla suchte mit ihren Blicken den Hafen ab und da war ihr klar, auf wen die Schiffsbesatzung wartete.

Entdeckst du den gesuchten Mann?

Carla entdeckte den Besitzer der OMSIBAR oben auf der Hafenmauer. Aus sicherer Entfernung schien er das Geschehen zu beobachten.

Carla zog einen Polizisten in ihrer Nähe am Arm und deutete hinauf, doch da war der Typ schon verschwunden.

Der Beamte versuchte Carla zu beruhigen und meinte, um den Gauner würden sie sich später kümmern. Dann trabte er der Gruppe Polizisten hinterher, die gerade zum Tanker marschierten, und kletterte mit ihnen an Bord.

Das Foto hatte ausgereicht, um den Tanker erst mal am Auslaufen zu hindern und eine Untersuchung des Schiffes zu rechtfertigen.

Die panischen Gesichter der Schiffsbesatzung verrieten, dass sie darüber nicht gerade glücklich waren. Einer der Beamten bewachte den Landesteg, um Fluchtversuche zu verhindern, während die restlichen Beamten ausschwärmten, um nach Lilly Rosa zu suchen.

Die SIEBEN RABEN standen ungeduldig am Kai und beobachteten das Treiben an Bord.

Es kam ihnen vor wie eine Ewigkeit. Endlich kam der Einsatzleiter der Polizei auf sie zu und informierte sie darüber, dass sie zwar die Kiste mit den gestohlenen Petroglyphen und eine gewaltige Menge an suspekten Substanzen sichergestellt hätten, aber die gesuchte Lilly Rosa nicht hätten finden können.

Cuervo ballte die Fäuste, und die Mädchen blickten sich entsetzt an: »Mein Gott, was haben die Verbrecher mit der armen Frau angestellt?«

»Wir werden ein Taucherteam beauftragen müssen, um im Wasser nach der Frau zu suchen«, murmelte der Beamte betroffen und biss sich auf die Lippe. Er machte sich Vorwürfe, dass er den Hinweisen der SIEBEN RABEN nicht sofort nachgegangen war. Er hatte womöglich dadurch ein Menschenleben in Gefahr gebracht.

Albi griff nach dem Arm des Polizisten und bat: »Lassen sie uns doch noch mal an Bord nach der Frau suchen!«

Der Polizist überlegte kurz: »In Ordnung. Aber erst, nachdem die Gauner das Schiff verlassen haben. Ich möchte nicht noch mehr Opfer beklagen müssen«, fügte er ernst hinzu.

Die SIEBEN RABEN beobachteten, wie die Matrosen im Gänsemarsch und mit erhobenen Händen den Landesteg herunterkamen und sich auf Befehl der Polizisten in einer Reihe aufstellten.

Der dicke Matrose, der Albi und Cuervo geholfen hatte, jammerte unablässig: »Ich ahnte nichts von Lilly Rosa. Ich durfte die Kombüse doch gar nicht betreten, weil die immer Angst hatten, ich könnte ihre gesamten Vorräte aufessen!«

Andere wisperten in einer fremden Sprache miteinander, wieder andere blickten mit zusammengepressten Lippen zu Boden.

»Ich glaube, einige der Matrosen hatten wirklich keine Ahnung, was hier vor sich ging«, meinte Gabriela.

Schau dir die Männer genau an. Welche, denkst du, sind unschuldig?

Endlich winkte der Einsatzleiter die beiden Jungen heran. »Das Schiff ist nun geräumt. Ihr könnt euch meinetwegen an Bord umsehen. Seid vorsichtig!«

Während Albi und Cuervo den Landesteg hinaufhasteten, bemerkten sie, wie gerade zwei Taucher neben dem Tanker ins Wasser plumpsten.

»Hoffentlich haben wir Glück mit der Suche und nicht die Taucher«, stöhnte Albi und verdrängte den Gedanken, Lilly Rosa könnte bereits auf dem Meeresgrund liegen.

Die beiden Jungen hielten sich erst gar nicht mit der Suche am Oberdeck und in den Kabinen auf. Dort hatten sich sicher schon die Polizisten umgesehen. Sie dachten beide an die wilde Verfolgungsjagd im Schiffsbauch, der sie nur knapp entkommen waren. Sie hasteten Treppen hinauf und hinunter und verloren schließlich völlig die Orientierung.

Immer wieder riefen sie laut nach Lilly Rosa und ihre Stimmen hallten gespenstisch von der stählernen Wand des Schiffsbauches wieder. Keine Spur von Lilly Rosa!

»Wir sollten zusehen, dass wir wieder an Deck kommen«, meinte Cuervo schließlich und sah unruhig den schwach beleuchteten Gang entlang, in dem sie gerade standen. »Ich bekomme langsam Platzangst hier unten.«

»Warte!«, rief Albi und packte ihn am Ärmel. »Ist das nicht die Luke, durch die uns der dicke Matrose geschleppt hat?«

»Das wäre sicher eine Möglichkeit, das Schiff zu verlassen«, meinte Cuervo skeptisch und erinnerte sich an das Bad im Hafenbecken. »Lilly Rosa muss da drin stecken!«, rief Albi und rüttelte an der Eisenklappe.

Warum war sich Albi dessen so sicher?

O SIMBA

Tage später saßen die SIEBEN RABEN unter den Pfefferbäumen in Carlas Garten. Sie platzten fast vor Stolz.

Mit am Tisch saß Kapitän Kidd! Er war gestern mit dem Flugzeug aus Ludwigshafen gelandet, um seine geliebte Haushälterin persönlich abzuholen und natürlich den Rettern zu danken.

Der pensionierte Kapitän schüttelte immer wieder den Kopf und es dauerte eine Weile, bis er diese unglaubliche Geschichte verarbeitet hatte.

»ABISMO«, murmelte er immer wieder. »Das ist ja wirklich zum Gänsehaut bekommen. Ich habe zwar auf hoher See auch allerhand erlebt, aber euer Fall ist wirklich ein starkes Stück.«

Während ihnen aus der Küche ein verführerischer Duft um die Nasen wehte – Lilly Rosa zauberte dort unter den erstaunten Augen von Carlas Mutter das leckerste Matrosenmenü –, schlug Gabriela die Chronik der SIEBEN RABEN auf. Hier war alles abgeheftet.

Zuerst der Fall »Piratenschatz« und danach die Zeitungsberichte und Fotos, die sie im Zusammenhang mit den »Petroglyphen« gesammelt hatten.

Kapitän Kidd blätterte in der Mappe und blickte die Kinder immer wieder anerkennend an.

»Ich habe euch wirklich viel zu verdanken«, sagte er.

»Zuerst habt ihr mir meine schöne Seekarte wiedergebracht und nun meine liebe Lilly Rosa.«

Gerührt blickte er in Richtung Küchenfenster, wo man eine rundliche Frau mit geblümter Schürze hantieren sah. Gedankenverloren blätterte er weiter. Plötzlich hielt er inne und starrte mit weit aufgerissenen Augen auf das Foto, das sich Rabuelo aus der OMSIBAR »geliehen« hatte.

»Das ist O Simba, der Pirat«, flüsterte er fassungslos und zeigte auf das Gesicht des Mannes, den die SIEBEN RABEN als den Besitzer der OMSIBAR kannten.

»Ich bin mit ihm jahrelang zur See gefahren. Was hat er mit der Sache zu tun?«

»Vermutlich eine ganze Menge«, sagte Carla, und die Freunde nickten mit dem Kopf.

»Hier schließt sich also der Kreis«, flüsterte Gabriela schaudernd. Sie hatte den Namen des Mannes soeben unter das Foto aus der OMSIBAR geschrieben und starrte nun ungläubig darauf.

O SIMBA, diese sechs Buchstaben sind dir in diesem Buch schon mal begegnet, oder?

»ABISMO, O SIMBA, OMSIBAR, MOSAMBIK! Wer diesen Buchstaben folgt, bewegt sich wirklich am Abgrund!«, flüsterte sie und blickte in die erstaunten Augen ihrer Freunde.

Kapitän Kidd tobte: »O Simba, der Pirat! Er hat Lilly Rosa verschleppt und mir diesen Gauner als Haushälterin untergejubelt, um mir dann die Seekarte zu stehlen. O Simba wusste von der Karte. Ich habe sie ihm sogar selbst gezeigt. Ich Idiot! Und er war auch verantwortlich für den Raub der Petroglyphen?«

Die SIEBEN RABEN nickten.

»Solange wir zusammen zur See fuhren, war er ständig auf der Suche nach Altertümern und historischen Schätzen, um sie dann meistbietend an Sammler und Kunstliebhaber zu verkaufen«, grollte der alte Kapitän. »Ich hatte jedoch keine Ahnung, dass er über so immense kriminelle Energien verfügt, um unschuldige alte Damen zu entführen und Schiffe zu versenken!«

Er machte eine nachdenkliche Pause und blickte dann in die Runde: »Na, zumindest wird er jetzt seine gerechte Strafe bekommen. Die Schiffsbesatzung wurde ja festgenommen. Hoffentlich verpassen sie ihm lebenslänglich!«

Die SIEBEN RABEN schwiegen betreten. Keiner von ihnen hatte den Mut, dem Kapitän die Wahrheit zu sagen:

O Simba, der Pirat, war entkommen! Carla hatte ihn noch oben auf der Hafenmauer gesehen, gerade als die Polizei die Besatzung des Tankers festnahm.

Aber sie hatten alle nur noch an Lilly Rosa gedacht, und die Verfolgung dieses Mannes war ihnen im Moment nicht so wichtig erschienen.

Carla verspürte einen Stich. Da war es wieder, dieses Gefühl! Sie hasste es, Fälle nicht endgültig klären zu können!

Der alte Kapitän wunderte sich über die verlegenen Gesichter der SIEBEN RABEN.

Aber da kam Lilly Rosa mit einer riesigen Schüssel duftenden Matrosenessens. O Simba war vergessen! Vorläufig zumindest. Mit einem Heißhunger machten sich alle über ihre gefüllten Teller her und verstanden sehr schnell, warum Kapitän Kidd seine Lilly Rosa so sehr liebte.

Das Rezept für den Matrosenschmaus wurde in die Chronik der SIEBEN RABEN aufgenommen:

Matrosenschmaus: Fischfrikadellen mit Kavostampf

Rezept für sieben Personen

Zutaten für die Frikadellen: 600–800 g Fischfilet ohne Gräten (frisch oder tiefgekühlt), 2 Eier, 100 g Semmelbrösel, Salz und Pfeffer.

Zutaten für den Kavostampf: 1,5 kg Kartoffeln, 2–3 weiche Avocados, 0,25 l Sahne, Salz.

So werden die Frikadellen gemacht: Fischfilets in ganz kleine Stückchen schneiden oder mit dem Mixer zerkleinern. Eier und Semmelbrösel dazugeben, salzen und pfeffern und gut durchkneten. Frikadellen formen und in der Pfanne in Olivenöl ca. 15 Minuten braten.

Achtung: Bevor ihr die Frikadellen in die Pfanne gebt, muss der Kavostampf bereits fertig und warm gestellt sein.

So wird der Kavostampf gemacht: Kartoffeln weich kochen, schälen und mit einem Fleischklopfer oder ähnlichem zerstampfen. Sahne zugeben. Avocados schälen, in Stücke schneiden und unter die Kartoffeln rühren. Mit Salz abschmecken.

Die Petroglyphen waren wieder an ihrem Platz im Guanchental, und die verdächtigen Substanzen, die sie in den Fässern an Bord des Tankers gefunden hatten, befanden sich auf dem Weg in ein Chemielabor auf dem Festland.

Kapitän Kidd war bereits mit Lilly Rosa abgereist und Albi blieb noch eine Gnadenfrist von drei Tagen.

Dann hieß es auch für ihn Abschied nehmen. Am Flughafen drückte ihm Rabuelo ein Streichholzbriefchen von der OMSIBAR in die Hand und Gabriela verdrückte ein paar Abschiedstränen. Albi winkte seinen Freunden zu, als er durch die Absperrung ging, und rief dann aufmunternd: »Wir bleiben in Verbindung!«

Du kannst uns im Internet besuchen:
www.detektiv-klub.de/7raben

oder uns per E-Mail schreiben:
7raben@detektiv-klub.de

AUFLÖSUNGEN

7 1. EL HIERRO, 2. TENERIFE, 3. LANZAROTE, 4. LA GOMERA, 5. LA PALMA, 6. FUERTEVENTURA, 7. GRAN CANARIA

14 A: DICIEMBRE, ENERO, FEBRERO
B: MARZO, ABRIL, MAYO
C: SEPTIEMBRE, OCTUBRE, NOVIEMBRE
D: JULIO, AGOSTO, JUNIO

21 Lösungswort: Abgrund

23 Lösungswort: Guanche

25 *Waagrecht:* KRUG, ESSEN, TOPF, ZEICHENBLOCK, TEMPOS, DECKEN, SCHLAFSAECKE, TASCHENLAMPE, SAFT, COMPUTER, FEUERZEUG
Senkrecht: STIFTE, ZELTE, HANDY, GIPS, SEILE, FOTOKAMERA, HAKEN, DOSEN

29

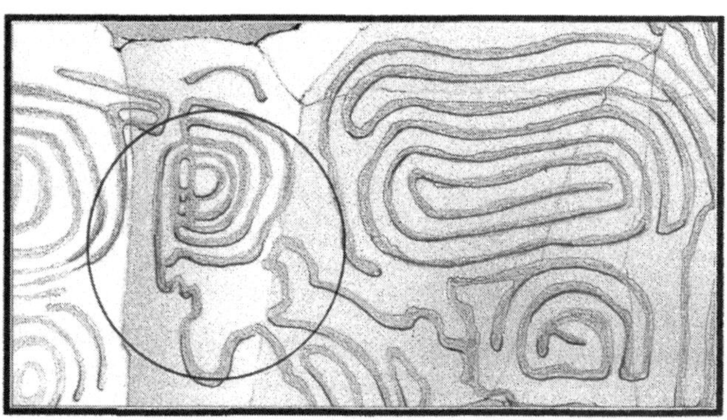

31

35 Die Spirale

43

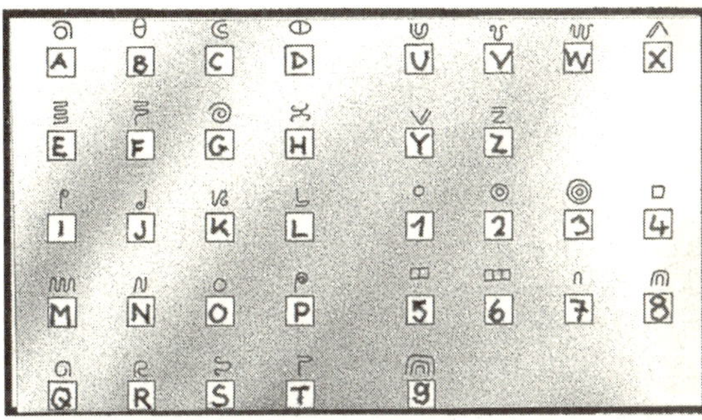

46

56 

59 Die große Spirale auf der Fälschung dreht sich in die verkehrte Richtung.

60 Eine Reifenspur führt von den Petroglyphen weg.

63 Auf dem Flughafen.

71 14 schwarze Rabenaugen wachten über diesen Platz.
Wehe dem, der hat gestohlen
den in Stein geritzten Schatz.

73 Das R fehlt.

76 ABISMO (siehe Seite 21)

80 Verschwindet. Die Kartons hinter dem Haus sollen bald abgeholt werden. Wartet im Auto!

83 ABISMO

84 Das Wort ABISMO ist im Wort MOSAMBIK enthalten.

86 Auf einem der Zettel sucht die MOSAMBIK Hilfskräfte zum Be- und Entladen.

93 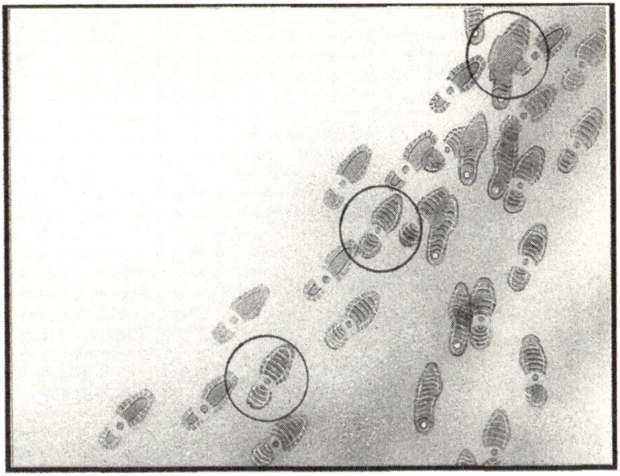

97 PIMENTON = Paprikapulver, HARINA DE TRIGO = Weizenmehl, AZUCAR = Zucker, AROZ = Reis, PASTA = Nudeln

99 Holt mich hier raus! Ich heiße Lilly R!

102 

109 

112 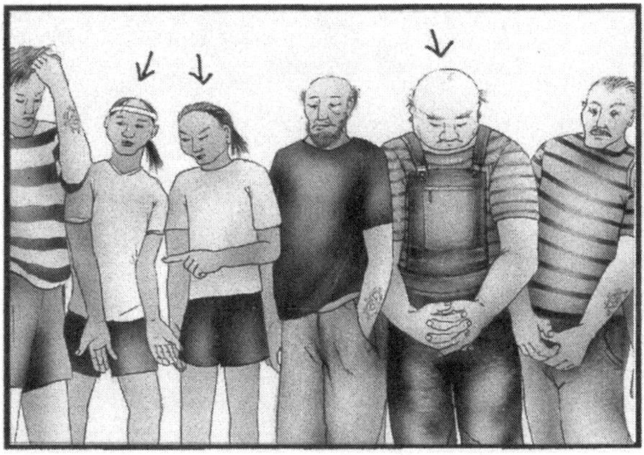

115 In der Eisenluke klemmt ein Stück von Lilly Rosas geblümter Schürze.

Hast du schon mal einen spannenden Fall gelöst? Oder wartest du noch auf deine große Stunde als Junior-Detektiv? Vielleicht hast du auch vor, mit Freunden einen eigenen **UNDERGROUND**-Junior-Detektiv-Klub zu gründen, wie die Kids in diesem Buch. Dazu bekommst du jede Menge Tipps und Tricks von **UNDERGROUND**. Denn: **UNDERGROUND**-Junior-Detektive sind aktiv. Sie wissen genau, was in der Welt der Detektive passiert. Sie haben sogar eine eigene Website. Sie bietet jede Menge Interessantes und Wissenswertes aus der geheimnisvollen Welt der Detektive.

Schau doch einfach mal vorbei – im Internet unter www.detektiv-klub.de oder schreib mir.

UNDERGROUND
DER JUNIOR-DETEKTIV-KLUB

Mrs X
P.O. Box 160363
D-60066 Frankfurt am Main
E-Mail: mrsx@detektiv-klub.de

Deine Mrs X

UNDERGROUND-Zentrale

UNDERGROUND
DER JUNIOR-DETEKTIV-KLUB

In der Reihe **UNDERGROUND** ist bei OMNIBUS erschienen:

UNDERGROUND-Krimis:

Insa Bauer. Was steckt hinter Jupitther? (21034)

Insa Bauer. McFox und der Londoner Nebel (21089)

Ulrieke Ruwisch. **UNDERGROUND –** Der Pferdeschreck (21085)

Frank Stieper. Ohne Fairplay (21040)

Frank Stieper. **UNDERGROUND –** Die Skatergang (21291)

Uschi und Dieter Winkler. @ffenschmuggler (21036)

Uschi und Dieter Winkler. **UNDERGROUND –** @utoknacker (21208)

UNDERGROUND-Ratekrimis:

Margit Grassi. Der Klub der SIEBEN RABEN und der Piratenschatz (21035)

Margit Grassi. **UNDERGROUND –** Der Petroglyphenschwindel (21203)

Hermien Stellmacher, Doris Rübel, Joachim Schultz.
Der zwielichtige Professor (21075)

UNDERGROUND-Tipps und -Tricks für Junior-Detektive:

Corinna Harder. Handbuch für Junior-Detektive (21033)

Corinna Harder. **UNDERGROUND –** Verschlüsselte Botschaften (21213)

Weitere Titel sind in Vorbereitung!